Niekas Negali Pabėgti Nuo Jūsų Likimo

Niekas Negali Pabėgti Nuo Jūsų Likimo

ALDIVAN TORRES

aldivan teixeira torres

CONTENTS

1 1

"Niekas Negali Pabėgti Nuo Jūsų Likimo"
Aldivan Torres

Niekas Negali Pabėgti Nuo Jūsų Likimo

Autorius: Aldivan Torres
© 2020 – Aldivan Torres
Visos teisės saugomos

Ši knyga, įskaitant visas dalis, yra saugoma autorių teisių ir negali būti atgaminta be autoriaus leidimo, perparduota ar perduota.

Aldivan Torres, Regėtojas, yra konsoliduotas rašytojas keliais žanrais. Iki šiol ji turi pavadinimus, išleistus dešimtimis kalbų. Nuo ankstyvo amžiaus jis visada buvo rašymo meno mylėtojas, sustiprinęs profesinę karjerą nuo 2013 m. Antrosios pusės. Jis tikisi savo raštais prisidėti prie tarptautinės kultūros, žadindamas malonumą skaityti tuos, kurie dar neturi įpročio. Jūsų misija yra užkariauti kiekvieno jūsų skaitytojo širdis. Be literatūros, jos pagrindiniai skoniai yra muzika, kelionės, draugai, šeima ir gyvenimo malonumas. "Literatūrai, lygybei, brolybei, teisingumui, orumui ir žmogaus garbei visada" yra jo šūkis.

Niekas Negali Pabėgti Nuo Jūsų Likimo
Po ilgos kelionės
Hanumantal Bada Jain Mandir
Pirmoji šventovė
Pagal antrąjį scenarijų
Pagal trečiąjį scenarijų
Pagal ketvirtąjį scenarijų
Penktajame scenarijuje
Šeštajame scenarijuje
Septintajame scenarijuje
Aštuntajame scenarijuje
Turtingas ūkininkas ir nuolanki jauna moteris
atsisveikinimas
Darbas bare
Patarimų
Darbas ūkyje
Šeimos susijungimas
Jaunikis pagerbtas
Kelionė
Mėnuo Rio Branco mieste
Rožių šeimos reakcija
Sugrįžimas į Cimbres
Buvusio jaunikio bandymas susitaikyti
Vestuvių šventė
Pirmojo vaiko gimimas
Pirmosios prekybos
Rinkos atvėrimas
Gerovė
Šeima
Dešimties metų laikotarpis
Reunionas
Pripažįsta savo vaidmenį visuomenėje
Svajonių paieškos

Vaikystės patirtys
Niekas negerbia mano seksualumo.
Didžiausia klaida, kurią padariau savo meilės gyvenime
Didelis nusivylimas, kurį turėjau su kolegomis
Didžiausios prognozės mano gyvenimui
Šventasis, kuris buvo vaistininko sūnus
Kelionė
Atvykimas į seminariją
Mergelės Marijos vizitas
Pamoka apie religiją
Pokalbis seminare
Įėjimas į aistruolių bendruomenę
Kelionė po šalį kaip misionierius
Pietų Italijos kaime
Kongregacijos įkūrėjo mirtis
Paskyrimas į vyskupo postą
Napoleono Bonaparto invazija
Tremties laikotarpis
Atsisveikinimas su misija
Jabalpur - 2022 m. sausio 4 d.

Po ilgos kelionės

Aš ką tik išlipau iš lėktuvo ir buvau kerėjimas čiabuvių regiono gausoje. Tai buvo tikrai įspūdingas kraštovaizdis. Su reljefu, susidariusiu tarp kalnų, pėsčiųjų, automobilių ir gyvūnų, besivaržančių dėl kosmoso, Indija buvo labai egzotiška šalis. Ypač gerai jaučiausi toje ypatingoje ir mistinėje erdvėje.

Išlipęs iš lėktuvo, į oro uostą nueinu šiek tiek sutrikęs. Aš bendrauju anglų kalba, o vienas iš vietinių darbuotojų nuveža mane į taksi. Tikslas buvo nuvykti į viešbutį, kuriame jau buvau laukiamas.

Sėdu į kabiną; Sveikinu vairuotoją ir duodu norimą adresą. Aš patogiai sėdžiu ant galinės sėdynės ir tada rungtynės yra suteikiamos. Prasidėjo mano pirmasis darbas šalyje. Akimirką svarbios mintys mato mano protą. Kas nutiktų? Ar buvau pasiruošęs iššūkiui? Kur rasti šeimininką? Šiuo metu buvo daug neatsakytų klausimų.

Miestas man atrodė labai gražus. Sužavėti jos, mes žengėme siauromis gatvėmis, tarsi nebūtų laiko. Atrodė, kad nušvitimo kelias apsieina be laiko ir erdvės. Atrodė, kad mano abejonės yra didesnės už viską. Bet taip pat smalsumas ir noras laimėti užpildė mane visiškai ir padarė mane žmogumi, su kuriuo reikia dirbti. Tiesiog nežinojau, kada ir kaip tai įvyks.

Visa tai veda mane į didelį apmąstymą, kuris apima mano gyvenimą ir mano karjerą. Į gyvenimą žiūrėjau kaip į didelį dvasinį išbandymą. Žmogus yra pasodintas į socialinę aplinką, kyla sunkumų ir būdų, kaip su jais susidurti, ir mes turime juo dalintis. Jei mes esame pasyvūs gyvenime, mes nieko negausime. Jei būsime aktyvūs savo projektuose, turėsime galimybę laimėti arba nepavykti. Jei mums nepavyks, galėsime pasinaudoti patirtimi, įgyta naujose situacijose. Jei laimėsime, galėsime sugalvoti naują svajonę, kad galėtume užimti savo protus. Nes žmogus yra toks: jis gyvena nuolat ieškodamas Dievo ir savęs.

Eidamas tomis gatvėmis matau gyventojų paveldėto skurdo ir turto pasekmes. Visa tai nėra karma. Viskas gali būti formuojama mūsų pačių valia. Ir tai net ne savanaudiškumo klausimas. Tai būdas pasiekti savo tikslus, nes niekas nėra pastatytas žemėje be pinigų. Pinigų turėjimas nesuteikia jums atsakomybės už savo evoliuciją. Mes visada turime naudotis meile, kad atrastume tikrąją laimę ir susitiktume su visų dalykų kūrėju.

Pagaliau atvažiavo kabina. Aš lipu į viešbučio laiptus ir jaučiuosi patogiai pirmame aukšte esančiame bute. Susikroviau daiktus ir jaučiuosi laisvas. Po to išeinu iš buto ir pasikalbu su vienu iš

vietinių darbuotojų. Vienas iš jų labai domisi mano namais ir yra pasirengęs būti mano vadovu.
Agnietė
Man tu labai patiko. Jūsų požiūris, jūsų veiksmai, jūsų būdas būti man atrodo labai savitas. Koks jūsų vardas ir iš kur esate kilęs?
Dieviškas
Mano vardas Dieviškas, Dievo sūnus, regėtojas arba Aldivan Torres. Esu vienas žymiausių Brazilijos rašytojų.
Agnietė
Nuostabu. Aš myliu Brazilijos žmones. Man buvo smalsu apie tave. Gal galėtumėte šiek tiek papasakoti apie savo istoriją?
Dieviškas
Žinoma, būčiau laimingas. Bet tai ilga istorija. Pasiruoškite. Mano vardas Aldivan Torres ir baigia matematikos laipsnį. Mano dvi pagrindinės aistros yra literatūra ir matematika. Aš visada buvau knygų mylėtojas ir nuo vaikystės bandžiau rašyti savo. Kai buvau pirmaisiais vidurinės mokyklos metais, surinkau keletą ištraukų iš bažnytinių, išminties ir patarlių knygų. Aš buvau labai laimingas, nors tekstai buvo ne mano. Parodžiau tai visiems su didžiuliu pasididžiavimu. Baigiau vidurinę mokyklą, lankiau kompiuterių kursus ir kurį laiką nutraukiau studijas. Tada įstojau į elektrotechnikos techninį kursą, tuo metu priklausiusį Federaliniam technologinio švietimo centrui. Tačiau supratau, kad tai ne mano sritis likimo ženklui. Buvau pasiruošęs stažuotis šioje srityje. Tačiau dieną prieš bandymą, kurį ketinau atlikti, keista jėga nuolat prašė manęs pasiduoti. Kuo daugiau laiko praėjo, tuo didesnis šios jėgos spaudimas. Kol nenusprendžiau atlikti testo. Spaudimas nurimo, kaip ir mano širdis. Manau, kad tai buvo likimo ženklas, kad aš neišeinu. Turime gerbti savo ribas. Aš padariau keletą konkursų; Man buvo patvirtintas ir šiuo metu aš dirbu švietimo administracinio asistento vaidmenį. Prieš trejus metus turėjau dar vieną likimo ženklą. Turėjau tam tikrų problemų ir galų gale patekau į nervų išsekimą. Tada pradėjau rašyti ir per trumpą laiką tai padėjo man tobulėti. Viso to rezultatas

buvo knyga: terpės vizija, kurios aš nepublikavau. Visa tai man parodė, kad galėjau rašyti ir turėti vertingą profesiją. Po to aš praėjo kitą konkursą, susidūrė su problemomis darbe, gyveno naujus nuotykius serijos regėtojas ir turėjo didelę meilę ir profesinius nusivylimus. Visa tai privertė mane užaugti tuo, kuo esu dabar.

Agnietė

Įdomus. Man tai skamba kaip nuostabi trajektorija. Aš esu paprastesnis. Aš esu vienuolio sūnus ir su juo išmokau paslapčių iš savo religijos. Aš taip pat daugiau tyrinėjau kultūrą ir užaugau kaip žmogus. Mano subjektai nurodė jums, kaip kažkas ypatingo. Aš tikrai norėčiau geriau tave pažinti.

Dieviškas

Na, štai ir viskas. Man taip pat įdomu su jumis susitikti. Padarykime šiuos kultūrinius mainus. Noriu daugiau sužinoti apie jūsų šalį ir kultūrą. Mes kartu augsime evoliucijos link.

Agnietė

Tada sek paskui mane.

Atsiliepiau į eksperto skambutį. Pasivažinėjome taksi ir pradėjome vaikščioti miesto gatvėmis. Tiesą sakant, mėgaujuosi viskuo, ką mačiau. Viskas buvo taip nauja ir taip įdomu. Tai paskatino mane viską išsamiai stebėti, kad galėčiau parašyti kitą savo darbą.

Vaikščiodamas ratais ir tada tiesiai, aš einu žiūrėti pro automobilio langą visą judėjimą gatvėse. Jaučiausi laiminga, laiminga ir kupina idėjų. Aš atsidūriau įkvėptas sukurti gerus gyvenimo kerėjimus visiems tiems, kurie mane lydėjo. Viskas buvo parašyta gyvenimo ir likimo knygoje. To užteko, kad patikėtum. Kai mes einame, aš pradedu pokalbį.

Dieviškas

Kaip apibūdintumėte Jabalpur miestą?

Agnietė

Jabalpur yra trečias pagal gyventojų skaičių miestas Madhja Pradešo rajone ir 37-as pagal dydį miesto aglomeracija šalyje. Esame svarbus miestas komerciniame, pramoniniame ir turizmo kontekste. Mes taip pat esame svarbus švietimo centras.

Dieviškas

Kokia yra vardo Jabalpur kilmė?

Agnietė

Kai kurie sako, kad tai buvo dėl išminčiaus, kuris meditavo apie Narmada upės krantus. Kiti sako, kad tai buvo dėl granito akmenų ar didelių akmenų, kurie yra dažni regione.

Dieviškas

Nuostabu. Ypač gerai. Man patiko šiek tiek daugiau sužinoti apie šią vietą.

Automobilis suteikia guzas ir labiausiai atsipalaidavęs jausmus. Viskas persikėlė į kultūrų ir tradicijų susitikimą. Tuo metu buvo labai svarbu teikti pirmenybę žinioms ir išminčiai, kurias galima įgyti. Po šios programos ji galėtų nugalėti vidinio aš išlaisvinimą, tokią galingą energiją, kad galėtų priversti mus pasiekti nušvitimą. Nieko nebuvo įmanoma užkariauti, nes tikėjimas galėjo padaryti didelių stebuklų.

Transporto priemonė juda iš vienos pusės į kitą, ir mes atsiduriame išsibarstę savo mintyse. Kai ekspertas ruošėsi savęs paklausti ir sukurti mokymosi strategiją, aš keliavau savo senose gyvenimo istorijose. Visas ankstesnis kūrybinis procesas mane taip sustiprino ir įkvėpė kurti pasaulius bei koncepcijas. Reikėjo pasinerti į pačią visatos šerdį, sustiprėti su energetiniais subjektais, ištirti savęs kontrolę buvo didelis iššūkis.

Taip patekome į treniruočių centrą.

Hanumantal Bada Jain Mandir

Automobilių stovėjimo aikštelė priešais šventyklą. Mes nusileidome, sumokėjome vairuotojui ir pradėjome eiti link jo.

Agnietė

Mes esame šventoje vietoje. Čia išmokau būti tikru vienuoliu. Čia mes dirbame su gerais energetiniais skysčiais. Reikia susikaupimo, kad suspindėtų mūsų energija. Tinkamiausias žodis yra mokymasis.

Dieviškas

Ačiū, kad pakvietėte mane. Esame čia tam, kad keistumėmės energija. Esu tikras, kad tai bus nuostabi patirtis.

Agnietė

Visiškai. Visa garbė bus mano.

Pirmoji šventovė

Jie įeina į didelį pastatą, viską laiko kambaryje, o tada eina į dvasinį mokymą. Dabar buvo tikrasis laikas augti ir konsoliduotis kaip dvasiniam mokytojui. Jo kūniško virimo šaltiniai prakeikė siaubingus dalykus jo prote, tarsi pažadindami vidinę galią.

Šeimininko ženkle jie laiko rankas ir bando sutelkti savo gyvybinę energiją. Ritualas daro juos sąmoningus ir tuo pačiu metu su neįtikėtinai atviru protu.

Agnietė

Daugelis nežino, kurią paskirties vietą pasirinkti ar kuria kryptimi eiti. Jie yra avys, ieškančios piemens. Kiti nežino, kuri politinė, politinė, ideologija, seksualumas ar religija yra iš anksto nulemta. Sustokite, pagalvokite ir apmąstykite. Pabandykite įsiklausyti į savo intuicijos balsą. Pabandykite prisijungti prie dieviškųjų energetinių jėgų. Kai mes susijungiame su šiomis energijomis, mes galime priimti savo sprendimus. Tai nepriklauso nuo jūsų tikėjimo. Kiekvienas pasirinkimas galioja tol, kol nekenkia kitam. Pasaulyje mes turime du pasirinkimus: pasirinkimas tamsos keliui ir kitas pasirinkimas yra gėrio kelias. Tai taip pat atspindi mūsų požiūrį ir refleksus. Negalime kalbėti geriau. Visi jie yra mokymosi keliai ir nėra galutiniai.

Dieviškas

Tai yra tas mokymosi kelias, kuriuo noriu eiti. Man patinka šis būdas patirti įvairius ir savarankiškus pojūčius. Žinios yra mūsų didysis ginklas prieš neapykantą ir smurtą. Turime drąsiai kovoti už savo idealus.

Turime padaryti vienas kitą laimingą ir leisti sau būti laimingiems. Mes visi nusipelnėme laimės šiame amžinojo mokinio kelyje. Kaip pasiekti tokį dvasinio išsilaisvinimo laipsnį?

Agnietė

Turime atsisakyti rimtų dalykų. Turime priimti teisingą sprendimą. Mes turime pasirinkti gerą, būti LGBTIQQ grupės pusėje, būti kartu su juodaodžiais, moterimis ir vargšais. Mes turime stovėti šalia atstumtųjų ir dalintis su jais ta pačia duona. Turime tai daryti dėl Dievo, dėl savęs, dėl gimimo stebuklo, dėl egzistencijos šlovės, kad sumažintume savo sentimentalų ir fizinį skausmą, turėtume daugiau jėgų kovoti už savo tikslus ir oriai parašyti savo istoriją. Kai mes atsisakome bet kokio blogio, mes vadiname išmintingu žmogumi.

Dieviškas

Aš jau visa tai darau. Aš esu persekiojamų ir diskriminuojamas pusėje. Aš turiu drąsos identifikuoti save kaip užsienietį. Kiekvieną dieną jaučiu savyje išankstinio nusistatymo ir netolerancijos kančias. Jei būčiau Dievas, būčiau vargšų ir atstumtųjų Dievas.

Agnietė

Tai nuostabu, Aldivan. Aš tapatinuosi su tavimi. Mūsų gyvenime būna akimirkų, kai mums reikia drąsos, susitapatinimo ir ryžto. Mes turime tekėti savo pranašesnį instinktą ir daryti stebuklus. Turime imtis iniciatyvos ir padaryti daug daugiau dėl kitų. Atleisk, kad išmokai.

Eikime į kitą šventovę.

Abu eina koja kojon, kad energija tinkamai tekėtų ir pereitų prie antrojo scenarijaus.

Pagal antrąjį scenarijų

Abu draugai jau yra antrame scenarijuje. Ekspertas organizuoja visą ritualo aplinką: dubenį, tortą ir stalą centre. Jie naudoja stiklą gerti alkoholinius gėrimus ir valgyti tortą. Tokiu būdu jų skrandžiuose galima išgirsti keistus balsus. Sprogsta vidurių pūtimas, jie sukuria dūmus.

Agnietė

Šiandien pasaulis yra pilnas išankstinių nuostatų ir diskriminacijos. Viena vertus, baltasis elitas, turtingas, gražus, politinis ir, kita vertus, vargšai, bjaurūs, smirdantys ir moteris. Pasaulis, pilnas taisyklių, yra sukurtas pagal elito norus. Tik ji turi naudos jaustis pranašesnė, mylima ir žavisi. Nors diskriminuojami asmenys yra persekiojami ir vos gali kvėpuoti ar gyventi taikiai. Pasauliui reikia daug struktūrinių pokyčių. Mums reikia sąžiningos politikos visiems, mums reikia daugiau darbo vietų kūrimo, mums reikia daugiau labdaros ir gerumo, galiausiai mums reikia naujos visuomenės, kurioje visi būtų tikrai lygūs galimybėmis, teisėmis ir pareigomis.

Dieviškas

Pajutau tai savo odoje, mano drauge. Ūkininkų sūnau, nuo mažens išmokau kovoti už savo tikslus. Tame kelyje nesulaukiau pagalbos iš nieko, išskyrus mamos pagalbą. Turėjau drąsiai kovoti dėl savo svajonių. Kai mes sunkiai dirbame, Dievas laimina. Taip aš palaipsniui pasiekiau savo tikslus, niekam nepakenkdamas. Su kiekviena pasiekta pergale patyriau išskirtinai gerus pojūčius. Atrodo, kad visata grąžina visą mano gerumą. Čia galime apsvarstyti tokį posakį: kas augina, pjaukite!

Agnietė

Blogiausia, mano drauge, kai šis išankstinis nusistatymas virsta neapykanta, smurtu ir mirtimi. Yra gaujų, kurios specializuojasi mažumų žudyme, ir tai labai slegia.

Dieviškas

Suprasti. Atrodo, kad pasaulio žmonės nepasimokė iš pandemijos. Užuot mylėję vienas kitą, jie žudo, žeidžia ir apgaudinėja. Dauguma žmonių prarado savo pagrindines sambūvio vertybes. Kaip atsigauti dievo akivaizdoje?

Agnietė

Šiuo atžvilgiu galime pastebėti, kad dėl pasaulio dalykų, dėl šlovės ar socialinės padėties, dėl natūralių gyvenimo ciklų, dėl evoliucijos ciklų ir dėl galutinio išlaisvinimo daugelis buvo prarasti nuodėmėse. Dėl to žmogus niekada visiškai neišsivysto.

Dieviškas

Visi šie dalykai yra efemeriški. Be kita ko, turime ugdytis išmintį, žinias, kultūrą, gėrį ir meilę. Tik tada turėsime konkrečią pažangą nušvitimo kelyje.

Agnietė

Tačiau tai yra laisvos valios pasekmė. Jei esu laisvas, galiu rinktis tarp gėrio ar blogio. Jei man labiau patinka tamsa, aš taip pat patiriu pasekmes. Manau, kad kai nesimokai meilėje, išmoksti iš skausmo.

Dieviškas

Išmintingiausias pasirinkimas būtų mokytis meilėje. Norėdami tai padaryti, turėtume būti mažiau reiklūs ir veikti daugiau. Tam turėtume atsisakyti svajonių ir įdėti kitus į tą pačią vietą. Mes turėtume pakeisti tai, kas su mumis negerai, pasitraukti ir pasirinkti, kad tai būtų artima tam, kas mums tinka. Viskas, kas daroma su meile, generuoja dar daugiau teigiamų energijų.

Agnietė

Sutinku. Bet iš tikrųjų yra žmonių. Pragariškos būtybės, kurios nesuteikia kitiems ramybės. Nesuprantu, kaip kas nors gali pakenkti savo artimui. Sunkios sąžinės našta miego metu griauna kieno nors ramybę. Tai yra pragaras žemėje.

Dieviškas

Todėl turime parodyti savo humanitarinius pavyzdžius. Turėdami gerus projektus, galime paskatinti kitus žmones eiti tuo pačiu keliu. Manau, kad labdara turėtų būti dalijamasi, kad daugiau žmonių jaustųsi įkvėpti padėti.

Agnietė

Žmonės vargu ar padės. Egoizmas yra paplitęs pasaulyje. Bet tiems, kurie yra jautrūs, dangus yra arčiau.

Dūmai yra žemi. Jie sunaikina sceną ir išeina iš psichozės transo. Tai buvo puikus atspindys. Dabar jie pereitų prie kito scenarijaus ir išgyventų naują patirtį.

Pagal trečiąjį scenarijų

Jie žengia kelis žingsnius ir jau yra naujame scenarijuje. Jie pastatė tam tikrą namelį ir sėdi meditacijos padėtyje. Tada dialogas tęsiasi.

Agnietė

Tas, kuris eina gėrio keliu, kuris daro visą darbą žmonijos labui, kuris niekada nepadarė rimtų klaidų, vadinamas malone. Šiame evoliucijos lygmenyje yra nedaug sielų. Kokia jų paslaptis? Aš tikiu, kad prisijungti prie aukštesnės jėgos. Vedami gėrio esybių, jie gali geriau suprasti savo likimą žemėje ir duoti vaisių.

Dieviškas

Jau priešingai šiems, žmonės, kurie neturi vaisių, yra tie, kurie bijo gyvenimo sunkumų. Jie teikia pirmenybę lengvabūdiškam būdui, sunaikinti, o ne pridėti. Todėl jie kenčia dvasiniuose pragaruose. Ko iš jų trūko?

Agnietė

Jums trūko tikėjimo jais. Susidūrę su sunkumais, jie norėjo suklupti, o ne laikytis kitokio požiūrio. Atsiprašau dėl jų. Bet jie pjaus tai, ką pasėjo.

Dieviškas

Kaip mes galime užkariauti pasaulį?

Agnietė

Ištvermingas tikėjimas ir kova už savo tikslus. Eidami gėrio keliu, jie galės plačiai pažvelgti į tai, koks yra pasaulis, ir priimti geriausius sprendimus. Viskas, ką jums reikia padaryti, tai tikėti savimi.

Dieviškas

Kokia yra sėkmės paslaptis?

Agnietė

Būti autentišku. Žmogus niekada neturėtų atsisakyti pripažinti savo kilmę. Reikia eiti pykinimas laimės žingsnius, turi sunkiai dirbti, kad derlius vėliau. Visada atminkite, kad Dievo laikas skiriasi nuo mūsų.

Dieviškas

Ką manote apie žmones, kurie apsimeta?

Agnietė
Tai didelė žmogaus kaltė. Daugelis tai daro, kad apsisaugotų, nes jie daug kentėjo savo gyvenime. Šis požiūris buvo socialinės aplinkos, kurioje jis buvo įdėtas, pasekmė. Tai atima iš jūsų svarbią socialinę patirtį.
Dieviškas
Kokios to pasekmės?
Agnietė
Jie sunaikina savo gyvenimą, nes nežino, kas jie iš tikrųjų yra. Kai mes manome, kas mes esame, mes jau turime tam tikrą laimę. Net jei pasaulis prieštarauja mūsų taisyklėms, mes galime būti laimingi individualiame lygmenyje. Nėra nieko blogo turėti savo taisykles.
Dieviškas
Štai kodėl mes turime posakį: mano gyvenimas, mano taisyklės. Negalime leisti, kad visuomenė kištųsi į mūsų asmeninę laisvę. Mes turime turėti žodžio ir darbų laisvę, kol ji nekenkia mūsų artimui.

Sesija baigta. Ritualas yra anuliuotas, ir jie jaučiasi išsamesni. Jau buvo padaryta didelė pažanga, tačiau jie norėjo padaryti didesnę pažangą. Tikslas buvo dalintis idėjomis.

Pagal ketvirtąjį scenarijų

Užsidegė laužas. Abu sudaro šviesos ratą aplink ugnį ir pradeda šokti. Sukaupta energija iš dviejų sukelia sprogimus ir jie patenka į transą.
Agnietė
Ugnis yra pirmapradis elementas mūsų gyvenime. Tai sudedamoji sielos, kūno ir natūralios magijos dalis. Būtent per ją mes galime manipuliuoti situacijomis ir likimais. Ugnis apvalo ir kilnina karius.
Dieviškas
Bet tai taip pat yra kažkas, kas skauda ir sunaikina. Turime būti atsargūs, kad jo manipuliavimas būtų atsargus, kad nenukentėtume. Mums reikia susivienyti su ugnies galia, kad sukurtume naudingas situacijas. Tą patį turime daryti ir gyvenimo išbandymuose. Turime

mažiau kovoti ir daugiau susivienyti. Turime atleisti ir judėti toliau. Mes turime peržengti ir įsisavinti gerus dalykus. Visa tai verta, kai siela nesumažėja.

Agnietė

Mums reikia nukreipti ugnies galią. Tam turime sureikšminti jų veiksmus kiekvienoje iš rizikingų situacijų. Susivieniję su savo gera valia, mes galime išlaisvinti savo vidinę dovaną ir pakeisti savo likimą. Mes galime ir privalome veikti kiekvienoje savo gyvenimo situacijoje, turime būti savo istorijos veikėjai.

Dieviškas

Tiesa. Šis kanalas parodys mums, kas mes esame ir ko norime. Tiksliai žinodami, ko norime, galime parengti įtikinamas ir ilgalaikes strategijas. Kai yra geras planavimas, nesėkmės tikimybė žymiai sumažėja.

Agnietė

Be to, tie, kurie kontroliuoja ugnies galią, apsaugo nuo nežinojimo. Nes kas yra ugnies ekspertas, kontroliuoja save, yra darbštus savo tikslams, jie vykdo savo pareigas ir įsipareigojimus. Tas, kuris vystosi taip, kad niekina trūkumus ir giria jų savybes, vadinamas kankinančiu.

Dieviškas

Toks nežinojimas yra didelė problema. Daugelis jį nuneša ir sunaikina namus ir situacijas. Turime įveikti skirtumus, organizuoti savo rutiną taip, kad galėtume patirti savo pergalės strategiją ir gauti mūsų plantacijos vaisius. Jei vaisius yra geras, tai patinka Dievui.

Agnietė

Tai mus atveda prie gyvenimo prasmės. Egzistencija yra situacijų, skatinančių pasiekimus, raizginys. Mums reikia organizuoti visą savo strategiją, kad galėtume užmegzti ryšius su kitomis gyvomis būtybėmis, kad išsiugdytume savo išmintį, sąmonę, tikėjimą, savo laisvę ir gyvybinę energiją. Mes turime būti pasaulyje, kad gyventume gerai ir vis labiau.

Dieviškas

Taip ateina mūsų laisvos valios veiksmai. Mes galime turėti naudingą ateitį, bet ne visada esame pasirengę paaukoti save už tai. Tai apima pristatymą, davimą, apmąstymą, harmoniją, psichinė vibracija, dispoziciją ir argumentą. Būtina pažadinti mūsų aukštesnįjį jausmą ir su juo transformuoti santykius. Visų pirma, būtina būti fortu. Tarp jų tvyro gėdinga tyla, o ritualas anuliuojamas. Šiose trumpose svarbiose patirtyse išryškėja didžiosios tiesos. Daugiau nei gyventi, jūs turite eksperimentuoti ir vystytis. Dėl to jie palieka svetainę ir eina į kitą scenarijų.

Penktajame scenarijuje

Jie sutvarko penktojo scenarijaus aplinką. Jie stato šventųjų statulėles, gerai suprojektuotas ir užuolaidas, smilkalus su retais kvepalais ir šventą durklą. Su durklu jie kelia pavojų ant žemės ir dūmai pakyla. Jie eina į dvasinę ekstazę.

Agnietė

Ką jūs sakote apie turtus? Manau, kad ši pinigų paieška yra labai trumpalaikė. Žmonės naikina kitus, naudoja blogą prigimtį, kad pakenktų kitiems, blogi veiksmai nėra pateisinami tikslais. Turime nutraukti šią pinigų svarbos grandinę, turime vertinti tai, kas iš tikrųjų svarbu: meilę, pagarbą, meilę, draugystę, toleranciją ir kitus svarbius dalykus.

Dieviškas

Pinigai yra svarbūs, bet tai dar ne viskas. Mes galime turėti pinigų ir turėti labdaringų darbų. Tai, kas apibrėžia asmenį, nėra jo perkamoji galia. Žmones apibrėžia jų požiūris ir darbai. Tai yra tai, kas lieka amžinu palikimu.

Agnietė

Sutinku. Norėdami patirti pasaulio skonį, mums reikia pinigų. Beveik viskam mums reikia šios materialinės paramos. Tai paaiškina šią beprotišką pinigų paiešką. Tačiau tai neturėtų būti vienintelis svarbus dalykas. Mums reikia naujo požiūrio į gyvenimą.

Dieviškas

Uždirbti pinigus nereiškia nesąžiningumo. Yra tikrai sėkmingų žmonių. Tai neturėtų būti mūsų sprendimų parametras. Bet mes turime stovėti ir įsitvirtinti reikiamuose dalykuose gyvenime. Mes visada turime būti veiksmingi kitų gyvenime. Mes turime atsikratyti nešvarių dalykų, kad būtume laimingi.

Agnietė

Kalbant apie donorystę, aš analizuoju, kad donorystė yra svarbesnė nei gavimas. Donorystė išprovokuoja mūsų prote pojūčius, reikalingus mūsų dvasios evoliucijai. Ir kas gauna donorystę, turi savo poreikius. Tai geras dvigubas jausmas.

Dieviškas

Vienintelė problema yra netikri elgetos. Daugelis jų yra pensininkai ir nuolat prašo išmaldos. Aš mačiau pranešimus apie daugelį iš jų, kurie sako, kad nenori dirbti, nes jie uždirba daugiau iš dalytis medžiagos. Tai vadinama apgaulinga prekyba ar sukčiavimu.

Agnietė

Tai atsitinka daug. Turime būti neįtikėtinai atsargūs šiuo klausimu. Avių kailyje yra vilkų. Turime būti atsargūs, kad nebūtų apgauti.

Dieviškas

Kad tie, kurie gauna sąžiningas dovanas, jos neišlaikytų. Mėgautis maistu ar daiktais pagal jų pajėgumą. Jei jie gauna per daug, jie taip pat daro. Pasauliui reikia šios solidarumo sąjungos.

Agnietė

Tegul Dievas visada mus laimina. Tegul Dievas laiko mus turtuose ar skurde, Dievas laiko mus gyvenimo audrose, neduok Dieve, ligų ir užkrečiamųjų marų. Bet kokiu atveju, neduok Dieve, bet koks blogis.

Dieviškas

Kaip turėtume mėgautis gyvenimo malonumais?

Agnietė

Mes turime mėgautis gyvenimo malonumais jo didžiausia išraiška. Mes negalime nieko atmesti, nes nežinome rytojaus. Tie, kurie atsisako pasinaudoti gyvenimo malonumais, nuoširdžiai atgailauja. Mes taip pat turime ištirti egzistencijos paslaptis. Mes turime naudoti savo dvasines dovanas ir duoti vaisių. Tik tada turėsime visavertį gyvenimą.

Dieviškas

Taip, budizmo ciklas suteikia mums tai. Jis išlaisvina mus iš nematomų srovių, jungiančių mus su žemomis vibracijomis. Žinodami, kaip kontroliuoti savo gyvenimo ciklą, galime padaryti nuostabią dvasinę pažangą.

Agnietė

Tiesa, jie yra alternatyvūs ciklai. Mėgaudamiesi malonumais ir atsisakydami žemiškų dalykų, galime puoselėti šį ciklą. Tai sukuria dalykų, kurie kartu su tikėjimu sukuria netikėtas situacijas, raizginį. Tai gera mintis apie išminčius.

Jie išeina iš transo, išlipa iš rinkinio ir eina į kitą skyrių. Dėl mokymų jie vis labiau augo.

Šeštajame scenarijuje

Ritualinė ceremonija ruošiama su alumi, renesanso paveikslu ir nešvariais apatiniais drabužiais. Apšviesdami šviesą aplink juos, jie greitai sukuria smilkalus, kad galėtų eiti į transą. Jų mintyse jie vizualizuoja praeitį, praeitį ir ateitį kaip greitus paukščius. Tuo tarpu jie kalbasi vienas su kitu.

Agnietė

Pasaulyje yra gyvas ir negyvas. Tačiau jie visi yra svarbūs visatos formavimosi komponentai. Kiekvienas su savo funkcija, mes esame agentai istorijos laikui bėgant. Šią istoriją šiuo metu rašo kiekvienas iš mūsų. Tai gali būti liūdna istorija ar graži istorija. Svarbu yra aktyvus kiekvieno iš mūsų indėlis į visatą.

Dieviškas

Aš jaučiuosi neatskiriama jo dalimi unikaliu būdu. Esybės pašauktas Dievo Sūnumi, aš galėjau suprasti tamsiausias visatos paslaptis. Per nelinksmas ir skausmingas patirtis galėjau vystytis dvasiškai ir tapti išminties ekspertu. Aš užaugau savo pastangomis. Aš išugdžiau savo talentą taip, kaip rekomenduoja Biblija. Aš nesislėpiau nuo pasaulio. Aš prisiėmiau savo tapatybę ir susidūriau su priešingomis jėgomis. Tai žmonės, kurie mane pasmerkia pragarui už paramą visuomenės atstumtiesiems, apleistiems žmonėms, kuriems reikia, kad turėčiau tam tikrą atstovavimo viltį. Aš esu atstumtųjų balsas. Aš esu jų Dievas. Žinojimas apie šį vaidmenį visuomenėje yra labai svarbus mano rašymo karjerai. Tai supratus, man visa tai buvo prasmingiau. Mes nesame vieni pasaulyje. Mes esame stiprūs ir galime turėti savo vietą pasaulyje, net jei religinis fanatizmas mus smerkia.

Agnietė

Kaip ir minėjau, mes ne vieni. "United" gali turėti jėgų reaguoti į varžovus. Mes nenorime karo jokiomis aplinkybėmis. Mes norime dialogo ir pritarimo. Norime, kad mūsų teisės būtų gerbiamos, nes turime teisę į jas. Daugiau jokių žudynių ir persekiojimų. Mums reikia taikos šiame pasaulyje, kurį persekioja virusas. Ar žinote, kodėl virusas pateko į pasaulį? Dėl žmogaus nuodėmės. Mes visi esame nuodėmėje. Tiesiog todėl, kad esate religijos pasekėjas, nereiškia, kad neturite nuodėmės. Niekada neteiskite kito. Pirmiausia pažvelkite į savo klaidas ir pažiūrėkite, kaip esate ydingas.

Dieviškas

Su tuo mes atvykome į budizmo ciklas ciklą. Jūsų evoliucija įvyks tik tada, kai jūsų širdyje bus tolerancija ir meilė. Mes turime įdėti save į vienas kito batus, atleisti, o ne teisti. Turime sustabdyti religinį fanatizmą. Mes turime sekti Dievu, o ne religijomis. Tai du visiškai skirtingi dalykai.

Agnietė

Tiesa. Jis naudojamas kaip religijų argumentas, kad daugelis daro blogį. Vardan pinigų daugelis praranda savo išgelbėjimą. Tai yra nematomi karai, kuriuos kiekvienas kariauja savyje.

Dieviškas

Štai kodėl mes visada turime turėti geras etines vertybes visais gyvenimo atvejais. Mes neturėtume žudyti gyvūnų dėl sporto ar religinių ritualų. Mes turime išsaugoti gyvybę gausiai.

Agnietė

Tai nuodėmingos praktikos. Žmogus elgiasi kaip visatos valdovas, bet iš tikrųjų tai yra mažas egzistavimo taškas. Net mūsų planeta, kuri mums yra milžiniška, yra mažas taškas visatoje. Taigi, būkime mažiau išdidūs ir paprastesni.

Ritualas baigėsi. Kiekvienas surenka savo asmeninius daiktus ir ilsisi. Tai būtų pirmasis nakties miegas tokią įtemptą dieną. Tačiau dar buvo ilga kelionė, kurią reikėjo keliauti.

Septintajame scenarijuje

Aušra. Gauja atsikelia, išsivalo dantis, išsimaudo ir valgo pusryčius. Po to jie yra pasirengę iš naujo pradėti dvasinį mokymąsi. Tai buvo gražus kelias, sudarytas iš susitikimų ir atradimų. Sąžiningumo, atsidavimo ir džiaugsmo kelias.

Tai buvo didysis mažojo svajotojo nuotykis, kažkas, kas visada tikėjo savimi. Net ir susidūręs su dideliais gyvenimo primestais sunkumais, jis niekada negalvojo atsisakyti savo meno. Jis visada svajojo apie savo literatūrinį pripažinimą ir kiekvieną dieną jis vis arčiau. Jis buvo tiesiog laimingas už visas suteiktas malones.

Pora susitiko pagal septintąjį scenarijų. Jie psichinė vibracija, kad patektų į transą, o kai jie tai daro, jie pradeda burbėdamas.

Agnietė

Mūsų puikus vadovas yra žinios. Su šia pagalba mes galime iš tikrųjų užkariauti savo daiktus ir įgyti didesnę laisvę. Žinios keičia mūsų gyvenimą ir lydi mus visą gyvenimą. Mes galime prarasti savo darbą, mes galime prarasti savo didelę romantišką meilę, mes galime prarasti savo pinigus. Tačiau mūsų žinios veda mus į pergalę ir pripažinimą.

Dieviškas

Štai kodėl aš esu šiame nuotykių kelyje. Tai malonus kelias, vedantis mane mokytis kelių dalykų. Jaučiu, kad augu kiekvieną akimirką, kai įveikiau kiekvieną kliūtį. Šiandien esu tikrai laimingas ir patenkintas žmogus.

Agnietė

Tai yra tikrasis evoliucijos kelias, kuriuo turime eiti. Norėdami pasiekti aukščiausią evoliuciją, turime atsikratyti bet kokio neigiamo jausmo, kuris užpildo mūsų protus. Turime padėti kitiems, nesitikėdami atpildo. Tik kasdien atlikdami veiksmą galime prisijungti prie didesnės visatos galios. Tokiu būdu mūsų gyvenimas taps prasmingesnis ir taps pilnas.

Dieviškas

Tiesa. Tai, kas griauna žmogų, yra pretenzija. Jis nori būti tuo, kuo nesi, vaidinti gerą vaidmenį visuomenėje. Šie žmonės gyvena kasdienį charakterį, tačiau jie nėra laimingi. Kai negyvename savo autentiškumu, prarandame dalį savęs.

Agnietė

Tačiau daugelis to nemato. Jie nori gyventi šią pasaką ir turėti tą priėmimo jausmą. Aš netgi suprantu jų požiūrį. Mes gyvename veidmainiškoje ir pasibjaurėjimas homoseksualumui visuomenėje. Mes gyvename visuomenėje, kuri žudo dėl išankstinio nusistatymo. Kodėl turėčiau rizikuoti savo gyvybe? Ar nebūtų geriau, jei gyvenčiau dvigubą gyvenimą ir būčiau laimingas? Aš tikrai neatleidžiu šiems žmonėms.

Dieviškas

Tai yra religinio karingumo vaisius. Šios sektos nustato mums taisykles, kurių jos net nesilaiko. Būtent tai ir griauna mūsų laimę. Bet aš sulaužiau šią paradigmą. Aš nusprendžiau būti laisvas ir kurti savo taisykles. Taigi, jaučiuosi visiškai laimingas.

Jūs abu esate sujaudinti. Tai buvo dešimtmečiai kančių ir religinio susvetimėjimo. Kiekvienas ten turėjo savo istoriją. Nieko nebuvo lengva. Tik palaipsniui jie atrado tikrąjį gyvenimo malonumą. Tai buvo fantastiškas pasiekimas.

Po akimirkos jie baigia ritualą ir eina į kitą scenarijų. Buvo daug ką išbandyti.

Aštuntajame scenarijuje

Pagal naująjį scenarijų jie yra visiškai atsipalaidavę. Atjauninti naujų patirčių, jie siekė šiek tiek daugiau suprasti visatą ir apie save. Šis žinių procesas buvo labai svarbus kuriant naujas strategijas.

Prasideda naujas ritualas. Jie daro stebuklingą kvadratą ir atsiduria jo centre.

Agnietė

Kalbant apie mūsų pastangas ir mūsų darbą. Kad galėtume išsiskirti, turime teikti pirmenybę savo darbo kokybei. Gerai atliktas darbas sukelia komplimentus. Darbas su tokiomis vertybėmis kaip sąžiningumas, orumas, labdara ir tolerancija yra plačiai giriamas. Todėl turime padaryti šį skirtumą pasaulyje.

Dieviškas

Sutinku. Pažvelkime į mano pavyzdį. Esu jaunas darbuotojas, turiu savo meninę pusę, esu labdaringas, palaikau šeimą, kovoju už savo svajones. Tačiau, kita vertus, kiti žmonės yra savanaudiški, smulkūs ir nepadeda vieni kitiems. Štai kodėl pasaulis nesivysto. Mums reikia daugiau veiksmų ir mažiau pažadų.

Agnietė

Jūs esate pavyzdys. Net ir su visomis savo pareigomis jūs niekada neatsisakėte savo svajonių. Jūs esate labai žmogiškas žmogus, kuris turi būti pavyzdys kitiems. Turėtume tai praktikuoti. Atsiriboti nuo materialių dalykų, patirti daugiau džiaugsmo paprastuose dalykuose, prašyti mažiau ir veikti daugiau. Būti savo istorijos ekspertu yra labai svarbu kuriant savo tapatybę.

Dieviškas

Tai reiškia, kad jis yra mažiau materialistinis ir praktiškesnis. Turime turėti kitokį požiūrį į gyvenimą. Vertinkite tai, kas iš tikrųjų svarbu.

Agnietė

Bet tada ateina laisvos valios klausimas. Žmonės nėra robotai. Jie turi teisę pasirinkti kelią, kuris jiems yra geriausias. Mes negalime niekam nustatyti taisyklių. Taigi, manau, kad pasaulis ir toliau turės savo bėdų. Lengviau pasirinkti blogį nei gėrį.

Dieviškas

Visiškai. Mūsų vaidmuo yra tiesiog vadovauti. Niekas neprivalo nieko daryti. Ši laisvė veda mus į nirvaną. Ši laisvė yra mūsų pačių prekės ženklas. Mes visada turime tai vertinti.

Agnietė
Tiesa. Mes turime kurti tuos gyvenimo momentus. Mes turime susisiekti su kitais žmonėmis, dalintis patirtimi, įsisavinti naujus dalykus ir pašalinti senus dalykus, kurie nebeprideda nieko mūsų gyvenime. Tai yra gyvenimo atgimimo principas.

Dieviškas
Su šia regeneracija mes galime atlikti aukštesnius skrydžius. Mes galime tiesiog atleisti sau, judėti pirmyn ir kurti naujas situacijas. Mes galime pakeisti savo mintis ir pamatyti kitus iš skirtingų perspektyvų. Šiais sunkiais laikais galime labiau pasitikėti žmonija. Mes galime pabandyti dar kartą būti laimingi.

Pokalbis nutrūko. Ore yra nedidelis keistumo jausmas. Jų protai sukasi kaip nesubalansuoti paukščiai. Yra daug jausmų, pojūčių, džiaugsmo, atjauninimo, šlovės, harmonijos, malonumo ir vienatvės. Mes turėjome būti dėmesingi ženklams, kuriuos mums duoda gyvenimas. Jūs turėjote tikėti savo sugebėjimais, tikėdamiesi pakeisti pasaulį. Tai užtruko daug daugiau, nei jie tikėjosi. Taigi ritualas baigiasi, kai jie nusprendžia baigti darbą. Jie žinojo, kad yra tinkamas laikas pasiduoti.

Turtingas ūkininkas ir nuolanki jauna moteris atsisveikinimas

Cimbres, 1953 m. sausio 2 d.
Rose buvo kukli jauna moteris, kuriai buvo apie aštuoniolika metų. Ji buvo gražiausia ir mergina regione. Aš buvau susižadėjęs su Petru, tavo didele meile. Tik jūsų šeimos finansinė padėtis nebuvo gera. Tai buvo didelės sausros laikotarpis, ir visi nukentėjo be vyriausybės investicijų. Milijonai žmonių kovojo už išlikimą, jiems trūko maisto ir vandens.

Būtent tada buvo susitikimas su nuotakos šeima, kad būtų išspręstos konkrečios problemos. Susitikime dalyvavo Rose, Onofre (Rose tėvas), Magdalena (Rose motina) ir Petras (Rose sužadėtinis).

Onofre
Kodėl suorganizavote šį susitikimą? Ar ką nors planuojate?

Peter

Noriu pranešti apie sprendimą. Aš gavau darbą San Paule, ir aš turėsiu pasikeisti. Kai grįšiu, surengsiu vestuves.

Onofre

GERAI. Tol, kol gerbsi mano dukrą. Mes žinome, kad atstumas trukdo poros gyvenimui.

Peter

Suprasti. Savo ruožtu, aš laikysiuosi sandorio. Aš ketinu dirbti, kad gaučiau pinigų susituokti. Argi tai ne puiku, mano meile?

Rožė

Bus puiku. Mums to reikia. Blogiausia yra tai, kad aš tavęs labai pasiilgsiu. Aš tave labai myliu, mano meile. Mūsų jausmas yra tiesa. Negalime to praleisti, gerai?

Peter

Pažadu, kad jos nepamiršiu. Susirašinėju laišku, gerai?

Rožė

Aš to lauksiu.

Magdalietė

Visa laimė jums. Bet ar tai suveiks?

Peter

Pasitikėk manimi šiuo klausimu. Stengsiuosi kuo greičiau sugrįžti. Būkite taikoje ir su Dievu.

Jie apsikabina. Tai buvo paskutinis fizinis kontaktas prieš kelionę. Daugybė minčių eina per to kario žmogaus protą. Jis bando nusiraminti netikrumo aplinkoje. Bet jis buvo visiškai pasiryžęs išeiti ir išbandyti savo laimę. Po to, kai atsisveikinsite, berniukas važiuos autobusu. Jo tikslas buvo šalies pietryčiai, kurioje buvo geresnė ekonominė padėtis.

Darbas bare

Tai buvo vakarėlio vakaras džiaugsmo bare Cimbres rajone. Jie šventė vieno iš svarbiausių kaimo vyrų vestuves. Norėdama užsidirbti šiek tiek pinigų, Rose dirbo padavėja.

Būtent tada jai paskambino juodaodis.

Garcia

Prašau, panele, atnešk man daugiau alaus ir kepsninės.

Rožė

Gerai, pone. Aš esu čia tam, kad tau tarnaučiau.

Garcia

Ačiū. Bet kodėl tokia graži jauna moteris taip dirba?

Rožė

Turiu dirbti, kad padėčiau tėvams. Mano sužadėtinis išvyko į San Paulą, o aš buvau vienas.

Garcia

Jis didelis kvailys. Palikai vieną mergaitę? Klausyk, ar norėtum mane nuvesti į mano ūkį? Man labai liūdna šiame ūkyje. Neturiu su kuo pasikalbėti.

Rožė

Aš negaliu to padaryti. Turiu susitikimą su savo sužadėtiniu. Jei aš tai padaryčiau, aš sugadinčiau savo reputaciją visuomenės akivaizdoje.

Garcia

Suprasti. Aš tau nemeluosiu. Esu vedęs, bet mano žmonos yra sostinėje. Mano santuoka su ja klostosi nekaip. Prisiekiu, jei mane priimsi, aš tave paliksiu ir ištekėsiu už tavęs. Aš rimtai.

Rožė

Pone, aš turiu principus. Esu garbinga moteris. Palik mane ramybėje, gerai?

Garcia

Suprantu. Bet kadangi jums reikia darbo, kviečiu jus išvalyti mano ūkio ūkyje. Kai kurie pinigai jums padės, ar ne?

Rožė

Tai yra tiesa. Sutinku su jūsų pasiūlymu. Dabar turiu pamatyti kitą klientą.

Garcia

Tu gali eiti ramybėje, mielasis.

Rožė nueina, o ūkininkas vis jį stebi. Tai buvo meilė iš pirmo žvilgsnio taip, kaip jis nesitikėjo. Net jei tai prieštarautų to meto socialinėms konvencijoms, jis darytų viską, kad įvykdytų savo norą. Aš panaudosiu jūsų finansinę galią jūsų naudai.

Patarimų

Po to, kai ūkininkas išėjo, bendradarbis paskambina Rose pasikalbėti. Atrodo, kad šis asmuo pastebėjo situaciją.
Andrea
Koks gražus ūkininkas, tiesa, moteris? Ei, kas atsitiko? Ar suteiksi jam šansą?
Rožė
Ar tu išprotėjai, moterie? Ar nežinai, kad turiu susitikimą?
Andrea
Nustokite kvailioti. Šis žmogus yra nepaprastai turtingas ir galingas. Jei ištekėsi už jo, niekada nebežinosi, kas yra vargas. Jums nebereikės dirbti šiame bare. Pagalvokite apie tai. Tai vienintelis šansas pakeisti savo gyvenimą.
Rožė
Aš myliu savo sužadėtinį. Kaip aš galiu tave taip išduoti?
Andrea
Meilė nenužudo jūsų alkio. Pirmiausia pagalvokite apie save, savo finansinį saugumą. Laikui bėgant, jūs išmoksite, kad patinka ūkininkas. Ir geriausia, kad jūs turėsite finansinio saugumo gyvenimą. Jei būčiau tu, negalvočiau du kartus ir nepriimčiau šio pasiūlymo.
Rožė buvo susimąsčiusi. Antra mintis, jūsų kolega nebuvo visiškai neteisus. Kokia ateitis laukia šalia vargšo? Baisiausia, kad jis buvo per toli. Kita vertus, jo tėvai buvo glaudžiai susiję su socialinėmis taisyklėmis. Nebūtų lengva priimti tokią meilę.
Rožė
Ačiū už patarimą. Pagalvosiu apie viską, ką pasakei.
Andrea

Gerai, mano drauge. Jūs turite visišką mano paramą.

Jie abu grįžo į darbą. Tai buvo įtempta diena, pilna klientų. Galų gale, Rose atsisveikina ir grįžta namo. Ji galvojo apie viską, kas jai nutiko.

Šeimos vakarienė

Darbas ūkyje

Rožė atvyksta priešais didelę sodybą. Tai buvo įspūdingas pastatas, ilgas ir platus. Tuo metu sielvartas užpildo jūsų esybę. Kas nutiktų? Kokių ketinimų turėtų jūsų viršininkas? Ar jis tikrai būtų geras žmogus? Jo mintys buvo knibžda neatsakytų minčių. Sukaupusi drąsos, ji eina link durų, skambina varpais ir tikisi, kad į jas bus atsakyta.

Namų valytojas

Ko tu nori, ponia?

Rožė

Aš atėjau atlikti darbo namo savininkui. Ar galiu užeiti?

Namų valytojas

Žinoma, kad taip. Aš eisiu su ja.

Jie abu įeina į namus ir eina į pagrindinį kambarį. Jame jau laukė turtingas ūkininkas.

Garcia

Koks džiaugsmas matyti mūsų brangią rožę! Su nerimu laukiau. Kaip tu, mano mylimieji?

Rožė

Atėjau į darbą. Gerai. Ačiū, kad rūpestingai.

Garcia

Alzira, eikite apsipirkti į miestą ir ten ilgai. Tiesiog grįžk šįvakar.

Alzira

Aš einu, viršininke. Jūsų užsakymai visada vykdomi.

Rose paėmė šluotą ir audinį, kad išvalytų namus. Jis pradėjo daryti pašėlusius judesius savo triūse. Netrukus ūkininkas priėjo. Jis paėmė savo darbo indus ir laikė juos. Rose drebėjo, bet ji taip pat ilgėjosi to momento. Švelniai, jos bosas paėmė ją į savo ratą ir paėmė ją į savo kambarį. Prasidėjo meilės ritualas, ir jis buvo pasirengęs priimti jos nekaltybę. Rožė viską pamiršta ir suteikia sau tą aistrą. Jie patenka į tam tikrą hipnotizuojantį transą. Vienintelis dalykas, kuris jį sudomino, buvo malonumas.

Tai buvo ryšio tarp dviejų ir didelės meilės diena. Visos ankstesnės sąvokos žlugo. Jie nebijojo. Jie buvo didžiulėje aistroje.

Garcia

Noriu prasmingų santykių su jumis. Esu pasirengęs palikti savo žmoną. Šiais laikais mes su ja esame tik draugai. Patikėkite, man tu labai patiko.

Rožė

Prisipažinsiu, mane traukia ir jūs. Aš tikrai noriu imtis šių santykių. Bet kaip mes tai padarysime? Mano šeima tam nepritarė.

Garcia

Tu gali tai palikti man. Aš pasirūpinsiu visais sukčiavimais. Nutraukite santykius su savo sužadėtiniu ir aš pasirūpinsiu likusia dalimi.

Rožė

Gerai. Labai mylėjau mūsų dieną. Aš turiu eiti dabar, kad kiti žmonės nebūtų įtartini.

Garcia

Eik ramybėje, mano meile. Greitai pasimatysime. Man taip pat reikia dirbti dabar.

Dvi dalys su konsoliduotu ryšiu. Tai, kas atrodė neįmanoma, išsipildė. Pereikime prie pasakojimo.

Šeimos susijungimas

Ūkininkas buvo tikrai ketinimų santykius su Rose. Siekdamas sustiprinti santykius, jis pasiūlė susitikimą su šeima, kad aptartų konkrečius klausimus.

Garcia

Aš esu čia, šiame susitikime, siekdamas paskelbti apie savo santykius su Rose. Noriu jūsų leidimo pasiekti šį tikslą.

Onofre

Tu vedęs vaikinas. Visuomenės akyse nėra malonu, kad garbinga dukra bendrauja su vedusiu vyru.

Rožė

Mes mylime vienas kitą, tėti. Aš jau baigiau savo sužadėtuves ir jis iš tikrųjų yra atskirtas nuo savo žmonos. Ko daugiau nori?

Onofre

Noriu, kad sukurtum gėdą. Noriu, kad elgtumėtės kaip pagarbos moteris. Tu nusipelnei daug daugiau, vaikeli. Jūs esate neįtikėtinai vertinga jauna moteris.

Rožė

Aš esu puiki moteris. Bet aš įsimylėjau nuostabų žmogų. Aš jį tikrai myliu. Ką sakai, mama?

Magdalietė

Atsiprašau, mano vaike. Bet aš sutinku su savo vyru. Jūs turite išsaugoti savo reputaciją. Pamirškite šį žmogų ir gaukite vieną žmogų.

Rožė

Man liūdna turėti tokius tradicinius tėvus. Aš nepritariu.

Garcia

Aš supratau jūsų požiūrį. Bet manau, kad jie klysta. Aš vis dar parodysiu jums savo vertę. Tai dar ne pabaiga. Aš vis dar tikiu savo laime, savo meile.

Rožė

Aš irgi tuo tikiu. Aš vis dar įtikinsiu jus, kad jūs klystate.

Onofre

Aš esu nepataisomas. Gali eiti, berniuk. Jūs jau turite savo atsakymą.

Henriques palieka akivaizdžiai nepatenkintas. Jo bandymas sutaikyti buvo nesėkmingas. Nesėkmė jį tikrai sujaudino. Bet tai buvo kažkas apmąstyti ir planuoti naują strategiją. Tol, kol buvo gyvenimas, buvo ir viltis.

Jaunikis pagerbtas

Vaikino situacija buvo siaubinga. Uždrausta susitikti, jie per daug kentėjo nuo šeimos nesusipratimo. Tai buvo tamsios ir varginančios dienos. Kodėl turėtume laikytis tokių senamadiškų santykių taisyklių? Kodėl negalime būti laisvi ir išpildyti savo norų? Tai buvo mintis apie du net ir susidūrus su tiek daug kliūčių.

Jis galvojo, kad ūkininkas nusprendė veikti. Jis parašė laišką, daug verkė ir pasamdė pašto vežėją. Darbuotojas nuėjo atlikti darbo. Netrukus atsisukau į Rožės namus. Jis spaudžia ir laukia, kol bus sprendžiamas. Žmogus, esantis namo viduje, pasirodo.

Pašto darbuotojas

Ei, jaunuoli. Ar tu rožė? Turiu tau laišką.

Rožė

Taip. Labai ačiū.

Paėmusi laišką, jauna moteris grįžo į namus, kur užsirakino kambaryje. Su ašaromis akyse ji pradeda skaityti tekstą.

Cimbres, 1953 m. gruodžio 5 d.

Rašau norėdamas atskleisti savo pasipiktinimą jūsų šeimai, kad jie uždraudė mūsų santykius. Man dėl to labai liūdna, aš tave labai myliu. Norėjau su tavimi sukurti šeimą. Norėjau ištraukti tave iš tavo finansinių vargų.

Nemanau, kad gyvenimas mums buvo teisingas. Įdomu, ar mums būtų kita išeitis. Ar norėtumėte suteikti mūsų meilei antrą šansą? Ar turėtumėte drąsos tai manyti? Nes jei nori, prisiekiu, bėgsiu nuo tavęs į tolimą vietą, kol reikalai pagerės. Bet jūs turite jį analizuoti šaltai ir žinoti, kas yra svarbiausia. Jei jūsų atsakymas yra "taip", galite atvykti čia į ūkį, ir viskas yra paruošta mūsų kelionei. Laukiu jūsų šiandien.

Su meile Henriques Garcia

Rožė išlieka statiška. Koks neįtikėtinas ir drąsus pasiūlymas. Šiuo metu emocijų sūkurys praeina per jūsų protą. Pakanka laiko, kad ji galėtų apmąstyti ir priimti galutinį sprendimą. Jo tėvai išėjo į darbą ir pasinaudojo galimybe parašyti laišką, kuriame paaiškino savo sprendimą.

Tada jis susikrovė lagaminus su būtiniausiais daiktais ir išėjo. Tai tas pats, kas sakyti: "Mes laisvi".

Rose išsinuomoja vežimėlis kelyje iš namų ir dreba iš nerimo. Tuo pačiu metu jaučiau daug emocijų. Tai nebuvo lengvas sprendimas. Ji atsisakė konsoliduotų šeimos santykių, kad rizikuotų užmegzti meilės santykius. Kas būtų privertę ją taip nuspręsti? Tai nėra žinoma. Bet finansinis veiksnys susiejo su didžiu išsilavinusiu žmogumi, kad tas ūkininkas tikriausiai buvo gera priežastis jai pradėti šį drąsų nuotykį. Ar būtų verta? Tik laikas turės atsakymus į šį klausimą. Šiuo metu ji tiesiog norėjo pasinaudoti šia laisve, kad pabandytų būti laiminga.

Automobiliui važiuojant į priekį, ji jau gali pabandyti nušluostyti ašaras. Ji turėtų būti labai stipri, kad atlaikytų tokio pasirinkimo pasekmes. Tarp šių pasekmių buvo visuomenės kritika ir šeimos persekiojimas. Bet kas sakė, kad jai rūpi? Jei galvojame apie kitų nuomonę, niekada neturėsime autonomijos vadovauti savo gyvenimui. Mes niekada nerašysime savo istorijos iš baimės. Taip ją labai nuramino tam tikras asmeninis saugumas.

Vežimėlis atvyksta į ūkį, ji moka vairuotojui ir išlipa iš transporto priemonės. Išgirdęs triukšmą lauke, jos partneris ateina susitikti su ja. Tai buvo tikrai viskas nustatyta. Jie sėda į kitą transporto priemonę ir pradeda kelionę. Į laimę, Dievas nori.

Kelionė

Pradeda kelionę purvo keliu, jungiančiu Cimbres su Rio Branco miestu. Oras yra šiltas, kelias yra apleistas, ir jie yra dideliu greičiu. Atgal, yra visi šeimos, draugai ir atminimas. Ateityje jūdviejų santykiai iki tol bus vizualizuojami visuomenėje.

Garcia

Kaip jautiesi, mano mylimieji? Ar tau ko nors reikia?

Rožė

Jaučiuosi gerai. Buvimas čia su tavimi mane guodžia. Aš nesu vaikas, kad jausčiau tiek daug sąžinės graužaties. Staiga, vaizdų seka eina per

mano protą. Būti čia reiškia kovoti su netolerancija, tai kovoti už savo laisvę ir gyvenimo džiaugsmą.
Garcia
Suprasti. Džiaugiuosi, kad esu šio pokyčio dalis. Rio Branco mieste praleisime mėnesį. Po to grįžome į ūkį. Jie bus priversti mus priimti.
Rožė
Viltis. Tikiuosi, kad jūsų strategija veikia. Mums reikėjo gauti tokią galimybę. O kaip tavo kita šeima?
Garcia
Aš jau esu atsiskyrimo procese. Pusę savo turto pasidalinsiu su savo senąja žmona. Bet aš neprivalau likti vedęs su ja. Tai buvo džiaugsmo ir atsidavimo mūsų santuokai metai, bet aš jaučiau, kad turiu nutraukti mūsų kančias. Mes iš jo ištraukėme daug žmonių.
Rožė
Tai verčia mane jaustis mažiau kaltu. Aš nenoriu būti namų griovėjas. Aš tik noriu rasti savo vietą pasaulyje, ir jei tai reiškia būti šalia tavęs, jei tai yra mano laimė, aš sutinku, kad visata man suteikė. Bet jokiu būdu nenorėjau nieko sunaikinti.
Garcia
Nesijaudink, aš tuoj grįšiu. Aš esu tas, kuris atsiskyrė nuo jos savo laisva valia. Niekas negali mūsų teisti. Nuo tada, kai sutikau tave, mane sužavėjo tu. Iš ten mano tikslas buvo tu. Nedėsiu jokių pastangų, kad tai pasiekčiau. Kad ir kaip visi būtų prieš mūsų santykius, niekas negali jų sustabdyti. Tai buvo parašyta mūsų likimuose šis susitikimas, maktub!
Rožė
Esu dėkingas visatai už tai. Noriu greitai nuvykti į Rio Branco. Noriu geriau tave pažinti. Nė vienas iš kitų man nesvarbus. Tai tik du iš mūsų visatoje, du tvariniai, kurie papildo vienas kitą ir myli vienas kitą. Mūsų meilės pakanka nirvanai pasiekti. Ši mus supanti meilės magija yra už tai atsakinga.
Garcia
Tebūnie, mielasis. Aš tave labai myliu.

Jie nuolat juda vienas tuo dulkėtu keliu. Ką likimas paruošė jums? Nė vienas iš jų nežinojo. Jie tik atidavė save galingai energijai, kuri vedė juos per tamsą. Joks blogis nebijotų, nes meilė buvo galingiausia jėga. Visa tai būtų verta tik dėl to, kad vienas nori kito. Jie turėjo mėgautis gyvenimu geriausiu gyvybingiausiu būdu ir nebūtų visuomenės diktuojamos taisyklės, kurios neleistų jiems patenkinti savo tiesų. Jie turėjo savo taisykles, o jų individuali laisvė buvo didesnė už viską.

Tai žinodami, jie juda į priekį tuose nuostabiuose keliuose Pernambuco interjere. Buvo akmenų, erškėčių, kultūrinių elementų, kaimo žmonių, faunos, floros ir didelių dulkių. Šis scenarijus buvo vienas iš tikriausių pasaulyje. Ateitis jų laukė išskėstomis rankomis.

Mėnuo Rio Branco mieste

Poros vestuvių naktis prasidėjo ūkyje, esančiame aplink Rio Branco miestą. Tai buvo labiausiai laukiamas poros intymumo momentas. Jie atidavė save meilei visiškai, kūnų ir protų šokyje. Seksualinio akto metu jie nuėjo į transą ir keliavo į pasaulius, kurių niekada anksčiau nematė. Tai meilės magija, galinti įveikti vaizduotės ribas.

Po seksualinio akto tai yra ramybės ir gausa momentas.
Rožė
Tai buvo geriausias dalykas, kuris kada nors nutiko mano gyvenime. Niekada nemaniau, kad prarasti nekaltybę yra toks fantastiškas dalykas. Dabar matau, kad buvau kvaila švaistyti tiek daug laiko laukdamas to.
Garcia
Taip, mielasis. Aš taip pat ilgai to laukiau. Matau, kad buvau teisus. Tu esi įdomiausia moteris, kokią tik esu sutikęs. Noriu tavęs visą gyvenimą.
Rožė
Ar turėsime savo vaikų?
Garcia

Aš noriu turėti daug vaikų su jumis ir lydėti jus per savo karjerą. Pažadu jums, mes būsime laimingi, nors ir būsime laimingi, net jei kovosime su visais.

Rožė

Tu mane labai nuramini. Esu pasirengęs prisiimti šį įsipareigojimą. Palaipsniui aš patekau į situacijos ritmą.

Garcia

Labai ačiū. Jaučiuosi neįtikėtinai laiminga. Dabar turiu eiti dirbti į ūkį. Pasirūpinkite namų ruošos darbais. Aš tuoj grįšiu.

Rožė

Tu gali tai palikti man.

Jiedu atsisveikina su kiekvienu iš jų, kad įvykdytų savo įsipareigojimus. Dirbdama prie savo darbo, Rose galvojo apie viską, kas susiję su jos gyvenimu. Siekiant pakeisti savo trajektoriją, tai buvo tik nedidelis sprendimas, kuris sukėlė didelių transformacijų. Ji galvojo tik apie save, pakenkdama savo šeimos valiai. Nes jei pagalvosime apie kitų nuomonę, niekada nebūsime tikrai laimingi.

Ūkininkas grįžta, ir jie vėl susitinka virtuvėje.

Rožė

Kaip prabėgo jūsų diena darbe?

Garcia

Tai buvo daug profesinių įsipareigojimų. Aš labai pavargau. Ką paruošėte vakarienei?

Rožė

Aš padariau daržovių sriubą. Ar tau tai patinka?

Garcia

Aš įsimylėjau. Jūs turite didžiulį talentą gaminti. Dabar jūsų eilė. Kaip praleidote dieną namuose?

Rožė

Aš rūpinausi kiekviena švaros, maisto ir darbuotojų organizavimo detale. Esu tobulai žmogus. Mūsų tarnai mane gyrė. Jiems padariau gerą įspūdį.

Garcia

Nuostabu, mano meile. Žinojau, kad radau tinkamą žmogų. Jūs esate gera žmona ir namų valytoja. Dabar noriu linksmintis. Ar eisime į miegamąjį?

Rožė

Taip. Aš laukiau šios akimirkos. Noriu daugiau sužinoti apie meilės magiją.

Jiedu išėjo iš virtuvės ir nuėjo miegoti kartu. Prasidėjo naujas vestuvių vakaras. Jie buvo susižadėję neseniai ir turėjo intensyviai mėgautis šiomis pirmosiomis akimirkomis. Tuo tarpu atrodo, kad pasaulis griuvo.

Rožių šeimos reakcija

Perskaičiusi dukters laišką, Rose šeima buvo sunerimusi. Kaip ši išdavystė gali būti tokia ydinga? Su tokiu požiūriu ji tiesiog išmetė metų šeimos reputaciją ir pagarbą visuomenėje. Bandydamas užkirsti kelią tam, kad tai nesukeltų kažko rimtesnio, Onofre (Rose tėvas) paruošė savo lagaminą, pakilo ant arklio ir nuėjo po savo dukters.

Remiantis draugo surinkta informacija, Rose gyveno Rio Branco ūkyje. Taigi, jis išėjo. Eidamas purvo keliu, jis nuėjo ieškoti savo tikslo. Jo neramiame prote vyko siaubingai liūdni dalykai. Jo troškimas buvo kerštas, žiaurumas ir daug pykčio.

Jis buvo nepatenkintas. Nuo ankstyvo amžiaus jis stengėsi dirbti, kad duotų tai, kas geriausia jo dukrai. Jis mokė geriausių priesakų ir taisyklių, kurių turi laikytis gera mergaitė. Tačiau atrodė, kad ji viską išmetė. Ar ji tai padarė dėl pinigų? Tai būtų neatleistinas ir smulkus požiūris. Tai įžeidimas šeimos orumui.

Nežinodamas, kad jis eina tuo purvo keliu. Susidūręs su šiaurės rytų scenarijumi, jis išgyvena keistus pojūčius, kurie jam trukdė. Ar dukra paveldės savo nepriklausomą ir drąsią dvasią? Jis prisimena savo praeitį su savo aistromis, kurias jis gyveno. Jis tikrai mėgavosi gyvenimu, bet prarado savo gyvenimo meilę dėl pasakojimų apie visuomenės taisykles. Ar jis buvo laimingas? Tam tikra prasme jis jautėsi laimingas. Tačiau tai nebuvo visiška laimė. Jis prarado savo tikrąją meilę ir paliko randus ant savo nugaros širdies. Tai niekada nebuvo tas pats.

Toliau, aš buvau pasirengęs susidurti su žmogumi, kuris apiplėšė tavo dukterį. Jis išliko ramus ir atsargus. Bet realybė yra tokia, kad aš buvau piktas. Jis jautėsi išduotas tos poros. Tai buvo nusivylimo, gėdos ir nepaklusnumo jausmas. Reikėjo susidurti su idėjomis.

Tai žinodamas, po kurio laiko jis jau artėja prie ūkio. Prie įėjimo į turtą jis identifikuoja save ir ūkininkas siūlo jį gauti. Pora ir lankytojas susitinka didelio namo gyvenamojoje patalpoje.

Onofre

Aš nusiminusi. Tu pabėgai kaip banditai. Jūs sukūrėte labai keblią situaciją mums visiems. Kas tai buvo beprotiška? Kodėl jie taip pasielgė?

Garcia

Tai buvo vienintelė išeitis. Tu elgeisi taip, lyg turėtum savo dukrą. Bet taip nėra. Vaikai turi teisę patys nuspręsti savo gyvenimą. Aš buvau tavo dukters pasirinkimas, ir mes mylime vienas kitą. Mes vis tiek sukursime šeimą. Mums nereikia jūsų pritarimo. Tai noriu aiškiai pasakyti.

Rožė

Aš jaučiausi labai blogai, kai pabėgau. Bet aš nesu tavo kalinys, tėti. Aš turiu laisvą dvasią. Aš tiesiog norėjau išbandyti kažką kitokio savo gyvenime. Man labai patiko gyvenimas, kurį man gali suteikti vyras. Man nusibodo gyvenimas, kuriam vadovavau. Ne tik finansiniu, bet ir savo nepriklausomybės klausimu. Su juo jaučiuosi saugi.

Onofre

Aš tai suprantu. Bet tai, ko bijojau, įvyko. Jūs esate visuomenės pajuokos objektas. Visi mus kritikuoja už tai, kad griauname namus. Šis vyras turėjo žmoną ir vaikus. Tai nėra lengva situacija.

Garcia

Mes visi turime teisę suklysti, pone. Aš klydau pasirinkdamas savo pirmąją santuoką ir buvau nepatenkintas. Kai sutikau tavo dukrą, įsimylėjau. Neturėjau jokių abejonių. Norėjau pradėti savo gyvenimą iš naujo. Nemanau, kad kas nors gali teisti mus abu.

Rožė

Niekada nemaniau, kad bus lengva. Bet aš negaliu gyventi remdamasis kitų žmonių nuomone. Esu be galo laiminga šalia savo vyro. Mes abu papildome vienas kitą. Mes jau esame vyras ir žmona.

Onofre

Ar tai reiškia, kad turėjote lytinių santykių? Taigi, tai yra kelias, kuris negrįžta. Jei žala bus padaryta, viskas, kas lieka, yra manyti, kad. Ar ketinate ištekėti už mano dukters?

Garcia

Taip, aš planuoju tai padaryti netrukus. Mes jau turime santuokinius santykius. Viskas, ką belieka padaryti, tai padaryti jį oficialiu. Ką tu tam sakai? O kaip mes atsigriebsime?

Rožė

Man būtų ypač svarbu, kad gaučiau tavo pritarimą, tėti. Nenorėjau konfliktuoti su savo šeima. Jei mus priimsi, mano laimė bus pilna.

Onofre

Aš neturiu pasirinkimo. Galite grįžti į Cimbres. Aš palaiminsiu šias vestuves. Bet aš turiu reikalavimą. Jei priversite mano šeimą kentėti, galite būti tikri, kad neturėsite sėkmingos išvados.

Garcia

Niekada neįskaudinčiau žmogaus, kurį myliu. Pažadu pagerbti tave visą likusį gyvenimą.

Rožė

Labai ačiū, tėti. Grįžtame į tėvynę. Noriu, kad mano vaikai užaugtų šalia tavęs. Aš tave myliu; Aš tave myliu.

Visi trys atsistojo ir apsikabino. Gaila, kad susitikimas buvo sėkmingas. Dabar tiesiog pereikite prie savo gyvenimo ir susidurkite su kliūtimis, kurios atsiras.

Sugrįžimas į Cimbres

Išsprendus santykių problemą, pora grįžo į Cimbres ūkį. Taip jiems visiems prasidėjo naujas gyvavimo ciklas. Laimei, jie subūrė šeimą švęsti šią sąjungą.

Magdalietė
Nesitikėjau to pripažinti, bet jūs abu sudarote gražią porą. Jūs turite nuostabią melodiją, kuri suteikia daug malonumo. Sveikinu, myliu.

Rožė
Labai ačiū, mama. Esu nepaprastai laimingas ir patenkintas tuo. Jūsų palaikymas yra viskas, ko norėjau. Jūs visiškai teisus. Esu be galo laiminga šalia savo vyro.

Garcia
Aš tikrai vertinu jūsų pastebėjimą, uošve. Džiaugiuosi, kad supratote, jog tarp mūsų yra tikra meilė.

Onofre
Patvirtinu žmonos žodžius. Atsiprašau už nesutarimus. Tu tikrai geras žmogus. Kada baigsis šios vestuvės?

Garcia
Noriu susituokti šių metų pabaigoje. Mes rengiame didelį vakarėlį. Visi turėtų dalyvauti. Tai bus nepamirštama diena visiems, mūsų sąjungos įgyvendinimo diena.

Rožė
Aš jį sutvarkysiu. Man patinka organizuoti vakarėlius. Tai bus laimingiausia diena mano gyvenime.

Visi ploja ir skrebučiai su alumi. Gyvenimas iš tikrųjų yra didelis ratas. Niekas nėra galutinis. Per vieną akimirką viskas gali virsti jūsų gyvenimu. Tai, kas šiandien yra blogai, ateityje gali virsti ramybė. Todėl nesigailėkime savo klaidų. Jie tarnauja kaip mokymasis ir naujų strategijų kūrimas. Svarbiausia – nepasiduoti savo svajonėms. Svajonės veda mus į kelionę po žemę. Verta kiekvieną iš šių akimirkų išgyventi su džiaugsmu, nusiteikimu, tikėjimu ir viltimi. Visada yra galimybė laimėti ir pasiekti sėkmę. Tikėk tuo.

Buvusio jaunikio bandymas susitaikyti

Petras dirbo San Paule ir mokėsi per nuotakos išdavystės laišką. Jis buvo liūdnas, nuliūdęs ir pasibjaurėjęs. Kaip ji galėjo išmesti tokią gražią meilę, kad ji egzistavo tarp dviejų? Visa tai dėl to, kad jūsų priešininkas buvo turtingas ūkininkas? Tai jos niekur nenuvestų. Jis žinojo apie savo, kaip žmogaus, vertę ir savo nagą, kad laimėtų. Gaila, kad ji to nevertino.

Tačiau jis dar nepasidavė. Jis ketino padaryti paskutinį bandymą suderinti. Su tuo jis paėmė autobusą ir pradėjo kelionę atgal į šiaurės rytų Braziliją.

Atvykęs į sceną, jis eina į ūkį. Jis praneša apie save ir pasveikina savo seną merginą. Jie įsikuria ant svetainės sofos.

Rožė

Esu tikras, kad mano vyro čia nėra. Ką tu čia darai? Tu pakvaišęs?

Peter

> Aš nepritariu, Rožė. Aš tavęs labai pasiilgau. Kodėl mane taip išdavei? Ar tu ne tas, kuris sakė, kad mane myli?

Rožė

Suprask, mielasis. Tu pasitraukei iš mano gyvenimo. Neturėjau pareigos tavęs laukti. Galvojau praktiškai. Aš mačiau geresnę galimybę sau.

Peter

Aš nuėjau, kad gaučiau pinigų mūsų vestuvėms. Mes dėl to susitarėme. Kai išgirdau, kad susiradai draugą, buvau pasibaisėjęs. Tu mane visiškai nuvylei.

Rožė

Atsiprašau už jūsų kančias. Bet tu per jaunas. Norėčiau, kad rastumėte dar vieną netrukdomą moterį. Prašau jūsų pamiršti mane amžinai ir būti tik draugais.

Peter

Tu niekada nebūsi mano draugas. Tu visada būsi mano meilė. Jei kada nors persvarstysite savo sprendimą, ateikite pas mane.

Rožė

Gerai. Mes nežinome, koks bus mūsų likimas. Atiduokime tai į Dievo rankas. Viskas, kas geriausia jums. Tiesiog būk ramybėje.

Peter

Telaimina jus Dievas ir saugo. Aš grįžtu į darbą San Paule ir rūpinuosi savo gyvenimu.

Taip ir atsitiko. Petras grįžo į San Paulo miestą. Reikėjo pamiršti kančias ir gyventi toliau. Buvo daug gerų dalykų, kuriais galima pasinaudoti gyvenimu.

Vestuvių šventė

Ilgai laukta diena atėjo. Šeimos susirinkime, kuriame dalyvavo šokiai, vakarėliai ir muzika, jie šventė mūsų mėgstamos poros sąjungą. Tai buvo didelė šventė. Atėjo laikas nuotakai ir jaunikiui kalbėti.

Garcia

Tai lemiamas momentas mūsų istorijoje. Vienybės, harmonijos, ryžto ir laimės akimirka. Tai mūsų gyvenimai, kurie susijungia. Aš pažadu, kad aš, kaip vyras, garbingai atliksiu savo, kaip vyro, vaidmenį. Stengsiuosi būti geriausiu vyru pasaulyje. Mes užaugsime kartu ir sukursime savo šeimą. Tam reikia šeimos palaikymo ir supratimo. Suprantu, kad santykiai yra sudėtingi. Bus kovų, nepasitenkinimo ir laimės akimirkų. Bet mes susidursime su visa tai kartu iki galo. Ką manai, mano meile?

Rožė

Esu laimingiausia moteris pasaulyje. Gavau tai, ko norėjau. Tegul mūsų vaikai ir anūkai ateina karūnuoti šiuos santykius. Nuo šiol galėsiu gyventi visavertį gyvenimą. Tai nereiškia, kad viskas bus tobula, bet mes galime įveikti iškilusias kliūtis. Aš buvau puikus karys nuo tada, kai buvau jaunas. Niekada neleidau, kad mane nugalėtų gyvenimo nesėkmės. Svarbiausia, kad visada tikėdavau savimi. Aš labai daug pasiekęs.

Visi plūsta, o vakarėlis tęsiasi. Tai buvo ilga diena, pilna šeimos švenčių. Nakties pabaigoje visi atsisveikina ir pora mėgaujasi savo vestuvių naktimi ūkyje. Tai buvo naujos istorijos pradžia.

Pirmojo vaiko gimimas

Tai buvo santuokos metai. Rose pastojo ir po devynių mėnesių atėjo ilgai laukta dukters gimimo diena. Pora paėmė automobilį ir nuvyko į miesto ligoninę. Ten gydytojas pradėjo pristatyti. Dvi valandas moteris verkė ir dejavo, kol gimė jos sūnus. Tėvas įėjo į gimdymo kambarį ir apkabino savo sūnų. Motina taip pat pradėjo lieti ašaras, nuobodu.

Garcia

Esu neįtikėtinai laimingas. Mano dukra yra graži ir grakšti. Ačiū, mano meile. Tu padarei mane laimingiausiu žmogumi pasaulyje.

Rožė

Aš taip pat esu laimingiausia moteris pasaulyje šalia jūsų. Tai mūsų šeimos trajektorijos pradžia. Matau, kad einame geru keliu ir kad, nepaisant visų sunkumų, palaipsniui įveikiame save. Sėkmė laukia mūsų, mano brangioji.

Garcia

Eikime namo. Mūsų šeimos nariai sunerimę.

Pora paliko pristatymo kambarį, kirto pagrindinį vestibiulį, pasiekė išorinę zoną ir pateko į automobilį. Tada prasideda kelionė atgal. Jie kerta visą miestą į pietus ir pradeda vaikščioti purvo keliu. Buvo mažai judėjimo, saulė buvo stipri, paukščiai skrido už automobilio. Kitą akimirką saulė išnyksta, o smulkus lietus pradeda kristi. Kaimo aplinka puikiai tiko apmąstymams ir emocijoms.

Jie eina keliu, kupini savo minčių, abejonių ir neramumo. Jie eina per šventojo kalno vingiuotas kreives. Kviečiantis, vingiuotas ir pavojingas kalnas. Tai buvo emocijos, kurios visą laiką liejosi. Būtų puiku pabandyti.

Grįžę namo, jie priima savo giminaičius ir pradeda šventę. Vakarėlyje, nuplautame alumi, muzika ir šokiais, jie mėgaujasi visa diena. Tai buvo didelė laimė, kuria dalinosi kartu su draugais. Taigi, jie turi nuostabių ir įdomių akimirkų. Tačiau jų trajektorija dar tik prasidėjo.

Pirmosios prekybos

Po sūnaus gimimo ir naujų išlaidų atvykimo pora pradėjo rengti planą, kaip išspręsti situaciją ir pasiekė susitarimą.

Garcia

Atidarysiu tau turgų, mano žmona. Aš įvesiu tavo brolį, kad jis būtų svetainės valdytojas. Jis yra labai protingas žmogus.

Rožė

Tai nuostabu, mano meile.

Tuo metu Rose brolis atėjo į namus ir nugirdo pokalbį.

Roney

Nežinau, kaip jums padėkoti. Man tikrai reikėjo okupacijos. Aš taip pat turiu daug išlaidų su savo šeima.

Garcia

Be šios galimybės, taip pat galite sukurti jaučius ir įdėti ant mano žemės. Jums nereikės mokėti už nuomą. Tokiu būdu galite uždirbti pinigus greičiau.

Roney

Dieve mano, ir tai nuostabu. Labai ačiū, svaine. Aš tavęs nenuvilsiu. Tu gali manimi pasikliauti visą laiką.

Garcia

Aš tai žinau. Tu esi žmogus, kuriuo gali pasitikėti. Aš visada būsiu su jumis.

Rožė

Tai buvo puiki idėja. Džiaugiuosi, kad viskas pavyko. Mūsų šeimos sąjunga yra fantastiška. Esu nepaprastai laiminga, mano meile. Mes užaugsime kartu.

Gerai, jie pradėjo ruoštis įmonės įgyvendinimui. Viskas turėjo būti tobula, kad verslas būtų sėkmingas.

Rinkos atvėrimas

Atėjo laukiama atidarymo diena. Šventėje dalyvavo gausus būrys žmonių. Naktį, kurioje dalyvavo šokiai, gėrimai, muzika ir daugelis pažinčių, jie atidarė savo įmonę. Tai buvo svajonės išsipildymas visiems susirinkusiems žmonėms.

Rinka turėjo daug įvairių maisto produktų ir būtų regiono pradininkė. Taip būtų išvengta nereikalingo susisiekimo su miestu.

Tai buvo dar viena kliūtis, įveikta tos pradinės poros gyvenime. Tegul ateina naujų pasiekimų.

Gerovė

Praėjo keli mėnesiai. Suklestėjo prekyba ir jaučių banda, kuri šiai šeimai suteikė didelį finansinį saugumą. Kalbant apie laimę, jie buvo labai harmoningi ir ramūs namuose.

Tai buvo didelis pokytis jų gyvenime. Jie tikėjo savo šeimos projektu, susidūrė su nesėkmėmis ir drąsiai prisiėmė savo tapatybę. Visa tai davė konkrečių rezultatų.

Prasidėjusiame etape jie planavo didesnius skrydžius. Jie buvo susivieniję, kad įgyvendintų idealią šeimą. Jie troško idealios ramybės, prisiminimų ir laimės aplinkos. Štai kodėl jie taip sunkiai dirbo.

Šeima

Praėjo metai ir šeima augo su naujų vaikų gimimu. Kalbant apie finansinę pusę, jie turėjo didėjančią gerovę. Taip buvo užmegzti šeimyniniai santykiai. Tai prieštaravo visų kitų žmonių santykių prognozėms.

Štai kodėl mes visada turime prisiimti atsakomybę už savo gyvenimą. Turime išsilaisvinti iš kitų įtakos ir tapti savo trajektorijos autoriais. Tik tada turėsime galimybę būti laimingi. Tam reikia tikėjimo, atsparumo, valios ir laisvės.

Tikrasis mūsų likimas – būti laimingam. Tačiau tam, kad tai pasiektume, turime veikti daugiau ir tikėtis mažiau. Būtent to ši pora išmoko per visą savo gyvenimą.

Dešimties metų laikotarpis

Ūkininkas finansiškai padėjo nuotakos šeimai. Visi jos giminaičiai visais atžvilgiais užaugo. Tai visiems atnešė daugiau harmonijos ir laimės.

Tai buvo tobula ir laiminga sąjunga. Po dešimties metų ūkininkas susirgo sunkia liga. Nepaisant visų pastangų, jis nesugebėjo atsigauti ir mirė.

Tai buvo didelis skausmas visiems artimiesiems. Gedulo procesas prasidėjo ir truko ilgai. Tai buvo tamsūs ir kankinantys periodai. Po to, kai šis didelis skausmas praėjo, buvo atliktas naujas planavimas. Reikėjo vienaip ar kitaip atnaujinti gyvenimą.

Reunionas

Po ūkininko mirties buvęs jaunikis grįžo į Pernambuco. Jis nuėjo susitikti su našle.

Peter

Esu pasirengęs jums atleisti. Dabar, kai esi našlė, noriu vėl su tavimi susitikti. Aš neturiu daugiau širdies skausmų.

Rožė

Su vyru turėjau keletą vaikų. Tu taip pat susituokei. Ar vis dar galime susigrąžinti savo meilę?

Peter

Užtikrinu jus, kad tai veiks. Mes vis dar galime būti laimingi. Dabar situacija yra visiškai kitokia. Mūsų keliai vėl susikirto. Tiesiog judėk pirmyn ir būk laimingas.

Rožė

Aš jį paimsiu. Noriu būti laimingas su tavimi. Sukurkime gražią istoriją. Tai mūsų šansas.

Pora apsikabino ir pabučiavo. Nuo to laiko jie turėjo daugiau vaikų ir sukūrė idealius santykius. Tai buvo senos svajonės išsipildymas. Galiausiai istorija buvo sėkminga.

Pripažįsta savo vaidmenį visuomenėje

Mes nežinome, iš kur atvykome ir kur einame. Tai yra kažkas, kas mus persekioja visą mūsų gyvenimą. Kai mes gimstame ir suvokiame socialinę aplinką, kurioje gyvename, mes turime nedidelį įspūdį apie tai, ką galime būti gyvenime. Tačiau tai tik prielaida. Šie vidiniai tyrimai veda mus į nežabotą paiešką, kad sužinotume, kas mes esame ir kuo galime būti. Štai kur ateina paties gyvenimo mokymas, kuris veda mus į reikiamą vietą.

Šiame gyvenimo kelyje mes vadovaujamės ženklais. Tai pripažinti ir intuityvus nėra lengva, nes mūsų esybėje yra dvi konflikto jėgos: gėris ir blogis. Nors gėris nukreipė mus į dešinę pusę, blogis bando mus sunaikinti ir atimti iš tikrojo Dievo likimo. Atsikratyti šio neigiamų minčių veiksmo yra įgūdis, kurį nedaugelis turi.

Tuo metu mūsų gyvenime pasirodo dvasiniai mokytojai. Mums reikia, kad dvasia būtų pasirengusi sekti jūsų patarimais ir sėkmingai gyventi. Bet jei jūs save laikote maištinga dvasia, niekas to nepadarys. Tai vadinama grįžimo įstatymu arba derliaus įstatymu. Būkite išmintingi ir pasirinkite tinkamą.

Pereikime prie mano pavyzdžio. Mano vardas Aldivan, žinomas kaip regėtojas, Dievo sūnus arba Dieviškasis. Aš gimiau neturtingoje ūkininkų šeimoje, kurios finansinė padėtis yra menka. Turėjau nuostabią vaikystę, nepaisant finansinių sunkumų. Šis vaikystės etapas yra geriausias mūsų gyvenime. Prisimenu savo vaikystę ir jaunystę.

Kai jie pasiekia pilnametystę, prasideda šeimos ir visuomenės kolekcijos. Tai varginantis ir slegiantis etapas. Mes turime turėti emocinę kontrolę, kad įveiktume visas kliūtis, kurios atsiranda. Tokiu būdu mano finansinio stabilumo paieškos buvo mano dėmesio centre. Deja, emocinis ir mylintis klausimas buvo paskutinis variantas. Tuo tarpu manau, kad padariau teisingą pasirinkimą. Šis emocinis klausimas šiandien yra pernelyg sudėtingas. Gyvename žiauriame pasaulyje, pilname meilės. Mes gyvename šalia savanaudiškų ir materialistinių žmonių. Mes gyvename kartu su žmonėmis, kurie tiesiog nori pasinaudoti moralinėmis vertybėmis. Nepaisant to, ką minėjau, manau, kad mano pasirinkimas profesinei pusei buvo teisingas pasirinkimas.

Įstojau į universitetą ir pradėjau dirbti valstybės tarnyboje. Man tai buvo didelis asmeninis iššūkis. Suderinti skirtingas veiklas lygiagrečiai su menine veikla niekam nėra lengva. Tai buvo svarbių atradimų ir mokymosi laikotarpis, kuris prisidėjo prie mano charakterio kūrimo. Geri laikai atvedė mane į laimės ir harmonijos blyksnius. Sunkūs laikai atnešė man nepaprastai stiprius skausmus, dėl kurių aš tapau žmogumi, labiau pasirengusiu susidurti su kasdienėmis gyvenimo situacijomis.

Visa mano karjera mane išmokė, kad mūsų svajonės yra svarbiausi dalykai mūsų gyvenime. Būtent dėl savo svajonių aš ir toliau gyvenau ir primygtinai reikalauju savo sėkmės. Niekada nepasiduokite to, ko norite. Tuščias gyvenimas yra labai baisi našta. Taigi, jei jums nepavyks, pergalvokite savo planavimą ir bandykite dar kartą. Visada bus nauja galimybė arba nauja kryptis. Tikėkite savo potencialu ir judėkite toliau.

Svajonių paieškos

Vaikystėje gyvenau visiškai privilegijuotas situacijoje. Gimęs ūkininkų šeimoje, kurios vienintelės pajamos buvo minimalus darbo užmokestis Brazilija standartuose, vaikystėje susidūriau su dideliais finansiniais sunkumais. Šis išteklių trūkumas privertė mane nuo ankstyvo amžiaus kovoti už savo projektus. Aš mečiau savo vaikystę, kad galėčiau pasiruošti darbo rinkai. Mano vienintelis tikslas buvo įgyti finansinę nepriklausomybę, kuri nėra lengva.

Aš atsisakiau visų laisvalaikio rūšių, kad galėčiau atsiduoti savo projektams. Tai buvo asmeninis pasirinkimas mano asmeninio reikalo akivaizdoje. Kiekvienas pasirinkimas turi savo pasekmes. Aš negalėjau rasti tikros meilės, kad tiek daug atsidaviau profesinei pusei. Tai buvo didelė mano darbų pasekmė. Aš dėl to nesigailiu. Tikra meilė tarp porų tampa vis retesnė.

Tai buvo ilga studijų ir darbo pastangų trajektorija. Didžiuojuosi savo asmenine trajektorija ir skatinu jaunimą kovoti už savo svajones. Reikia daug dėmesio skirti viskam, kam skiriate save. Tačiau planuodami gyvenimą visada turime būti racionalūs. Sakau, kad finansiniu požiūriu viešasis konkursas yra geriausias pasirinkimas. Konkurencija viešojoje erdvėje turi stabilumą, kuris yra labai svarbus finansiniam planavimui.

Turėdami gerą finansinį planavimą, mes galime gauti geresnį požiūrį į gyvenimą. Kiti gyvenimo aspektai taip pat papildo mūsų gyvenimą. Tuo tarpu tai, ką turime padaryti, kad pasisektų, yra daryti gera. Mes galime būti palaiminti savo veiksmais.

Vaikystės patirtys

Gimiau ir užaugau mažame kaime Brazilijos šiaurės rytuose. Iš pradžių iš kuklios šeimos, mano vaikystė buvo patirta, bet gerai pasinaudojo. Aš žaidžiau kamuolį ir numečiau viršūnes su berniukais, maudžiausi upėje, lipau į vaismedžius ir valgiau jų vaisius, mokiausi mokykloje ir pasiekiau puikų pasirodymą, dalyvavau vakarėliuose ir socialiniuose renginiuose, turėjau visiškai laimingą gyvenimą ir jokių pareigų.

Nepalankios finansinės padėties klausimas mane uždusino, bet tai nesutrukdė man patirti laimingų akimirkų su šeima, artimaisiais, draugais ir kaimynais. Tai buvo geri laikai, kurie niekada nebegrįžo. Kaip aš atsimenu tai, aš jaučiu, mano energingas energijos aidas visoje mano būtyje.

Vaikystės patirtis buvo degalai, kurių man reikėjo, kad pakurstytų mano viltis būti laimingam ir sėkmingam. Mano šeimos padėtis nebuvo lengva: tradicinė šeima, visiškai nusistačiusi prieš mano seksualumą ir griežta iki tokio lygio, kad aš nepriėmiau sprendimų. Kai mano tėvas buvo gyvas, jis buvo atsakingas už šeimą. Po mano tėvų mirties mano vyresnysis brolis, penktas pagal paveldimumą, neleido niekam turėti nuomonės apie mano tėvo palikimą. Jis yra tas, kuris dominavo kiekvienoje situacijoje. Jis buvo negailestingas žmogus.

Taigi, šiuo metu gyvenu name, kurį paveldėjau iš savo tėvų, bet be jokios sprendimų priėmimo galios. Aš paklūstu tokiai situacijai, todėl man nereikia gyventi lauke ir būti vienam. Aš negaliu pakęsti vienatvės nė vienoje iš jos formų. Aš bijau ateities ir prašau Dievo nelikti vienam mano senatvėje.

Niekas negerbia mano seksualumo.

Brazilija yra baisi šalis LGBTI grupei. Aš prisiėmiau save kaip LGBTI ir aš negaliu gauti pakankamai patyčių ir anekdotų, kad ir kur eičiau. Jie tyčiojasi iš šeimos, bendruomenės, kurioje gyvenu, kai keliauju, mokykloje, darbe. Bet kokiu atveju, niekur manęs negerbia.

Žmonės turėtų suprasti, kad seksualumas neapibrėžia mūsų charakterio. Esu geras pilietis, dirbu, moku skolas, vykdau savo, kaip piliečio, pareigas, tačiau niekas man nieko nesuteikia. Tai tarsi aš esu nematomas ir nepatogus visuomenėje.

Gaila, kad yra tiek daug protiškai atsilikusių žmonių. Gaila, kad yra tiek daug žmonių, kurie blogai elgiasi ir žudo gėjus. Labai liūdna neturėti prieglobsčio. Vienintelis žmogus, kuris mane palaiko, yra Jėzus Kristus. Jis visada yra su manimi ir niekada manęs nepaliko.

Didžiausia klaida, kurią padariau savo meilės gyvenime

Pirmą dieną savo naujame darbe sutikau vyrą. Jis yra labai gražus žmogus ir parodė save mandagiai ir maloniai man. Aš buvau patenkintas juo. Iš karto mes turėjome didelį giminingumą ir mes labai gerai sutarėme. Per draugus sužinojau, kad jis turėjo susitikimą su moterimi. Nepaisant to, tai nesutrukdė man mylėti jį taip, kad niekada nemylėjau kito žmogaus. Tai buvo didelė klaida, kuri man kainavo daug pinigų. Paaiškinsiu toliau.

Po metų aš pagaliau nusprendžiau investuoti į santykius su šiuo žmogumi. Aš pasiskelbiau ypač svarbia data mums. Koks buvo toks gražus ir užburtas jausmas, virto didele katastrofa. Jis buvo labai grubus man ir atmetė mane. Jis visiškai sunaikino mane ir su tuo mes nuėjome niekada susivienyti dar kartą.

Aš jo nekaltinu. Tai buvo mano didelė kaltė, kad aš investavo savo viltis į žmogų, kuris turėjo įsipareigojimą kam nors kitam. Bet tai buvo įrodymas, kurio aš tikrai norėjau. Norėjau pažiūrėti, ar jis kažką panašaus jaučia dėl manęs. Kai jis pasirinko savo žmoną, tai parodė, kad jis myli savo žmoną labiau nei mane. Tai yra kažkas, ko aš neieškau.

Aš niekada nebūčiau antras pasirinkimas žmogui. Aš noriu ir visada nusipelniau būti pirmoje vietoje santykiuose. Mažiau nei tai, aš su tuo nesutinku. Aš jaučiuosi gana gerai vienas.

Po šio tragiško įvykio šis žmogus man patiko aštuonerius metus iš eilės. Šiuo metu jausmas, kurį turiu jam, yra neaktyvus. Atrodo, kad atstumas padėjo man pamiršti procesą. Jaučiuosi gerai psichologiškai ir tikiuosi, kad daugiau niekada nepateksiu į tokius spąstus. Geriau turėti psichinę sveikatą ir būti vienišam.

Didelis nusivylimas, kurį turėjau su kolegomis

Savo naujame darbe ir daugelyje kitų, kuriuos turėjau, aš labai klydau su žmonėmis. Visose šiose situacijose išbandžiau draugišką požiūrį su bendradarbiais. Norėjau su jais draugauti, bet labai dėl to gailiuosi. Aš turėjau didelių nusivylimų šia prasme, kad privertė mane daryti išvadą, kad niekas neturi draugų darbe.

Jaučiuosi nusivylusi, kad niekur neturiu draugų. Manau, kad didžioji dalis problemos slypi žmonių išankstiniame nusistatyme. Kadangi aš esu gėjus, vyrai vengia patekti į bet kurį iš būdų, kaip aš einu. Kalbant apie moteris, jos bijo, kad aš paimsiu jų vyrą. Bet kokiu atveju, aš jaučiuosi izoliuotas.

Pasaulis yra didelis iššūkis tiems, kurie priklauso atmestai mažumai. Turime gyventi su skirtingais žmonėmis ir netoleruoti savo ypatumų. Tai nėra lengvas procesas susidurti su visuomene taip vėlai. Aš neturiu niekas paramos. Net ir savo seksualumo grupėje aš jaučiu palaikymą. Gėjų bendruomenėje yra ir kitų išankstinių nuostatų, kurios mane dar labiau izoliuoja. Štai kodėl po 14 metų, kai ieškojau meilės, aš visiškai pasidaviau. Šiomis dienomis esu laimingas žmogus. Jaučiuosi dievo palaimintas ir palaimintas visame, ką darau.

Didžiausios prognozės mano gyvenimui

Esu neįtikėtinai laimingas žmogus. Aš turiu savo sveikatą puikios būklės dėl puikaus maisto koregavimo, kurį darau, turiu daug giminaičių, kurie kartais mane aplanko, turiu savo darbą, kuris palaiko mane finansiškai, turiu savo meninę veiklą kaip psichologinę paramą ir turiu didį Dievą, kuris niekada manęs neapleido.

Aš patyriau didelių sunkumų nuo tada, kai buvau jaunas, ir tai privertė mane tapti tokiu žmogumi, koks esu šiandien. Esu nepaprastai stiprus žmogus psichiškai, tikiu dvasingumu, tikiu savo geru likimu ir tikiu, kad mano svajonės išsipildys, net jei joms prireiks laiko. Šis svajonių ieškojimas yra tai, kas palaiko mane gyvą. Esu rašytojas, kompozitorius, filmų kūrėjas, scenaristas, vertėjas ir kita meninė veikla.

Tam tikra prasme, aš jau išpildžiau daug svajonių, kurias turėjau. Tiems, kurie gimė labai nepalankiomis sąlygomis, tai yra didelis pasiekimas. Aš gimiau be absoliučiai nieko ir šiandien turiu stabilią karjerą. Ir visa tai – mano asmeninių pastangų dėka. Esu labai karingas ir susikaupęs žmogus. Didžiuojuosi savimi visais atžvilgiais. Taigi, mano gyvenimo prognozė yra ta, kad aš būsiu visiškai sėkmingas, nes to siekiu.

Šventasis, kuris buvo vaistininko sūnus

Vaistinė
Civitavecchia- Italija
1745 m. sausio 1 d.
Visa darbo grupė buvo susirinkusi į privačią vado sūnaus šventę.
Viršininkas
Mes susirinkome čia su mano antrąja šeima, kad paminėtume mano sūnaus atvykimą į mano šeimą. Tai džiaugsmo ir kartos tęstinumo diena. Aš paliksiu savo prekes ir savo charakterį kaip pavyzdį. Tikiuosi jūsų pagalbos, mano mylima Eloisa, kad galėtume kartu auginti šį sūnų.
Eloisa

Esu sujaudinta, mano meile. Šiandien man yra apdovanojimų diena. Šventinio ciklo pradžia. Aš pažadu nustoti būti geriausia motina įmanoma mūsų sūnui.

Darbuotojų atstovas

Visų darbuotojų vardu sveikiname porą ir linkime sveikatos, sėkmės, klestėjimo ir kantrybės auginant vaiką. Šiais laikais nėra lengva rūpintis vaikais. Mes būsime pasirengę jus palaikyti bet kokiu būdu, kurio jums reikia.

Viršininkas

Ačiū jums visiems!

Vakarėlis prasidėjo. Buvo daug maisto, šokių, muzikinės grupės ir daug džiaugsmo. Tai buvo trys dienos iš eilės, kurios privertė visus labai pavargti. Žymūs renginiai turėjo būti švenčiami ir jie nusipelnė poilsio, nes jie sunkiai dirbo.

Ankstyvieji metai

Berniukas Vicente Maria Strambi buvo linksmas, linksmas ir labai paklusnus savo tėvams. Dėl aukštos šeimos finansinės būklės jis turėjo daug galimybių: jis turėjo privatų mokytoją, plaukimo pamokas, sportavo su draugais, daug keliavo ir turėjo vienatvės akimirkų. Jis daug studijavo Bibliją, kuri atskleidė jo katalikišką polinkį nuo vaikystės ir jaunystės pradžios.

Vieną dieną pagaliau įvyko ypatingas šeimos momentas.

Viršininkas

Viskas paruošta jūsų kelionei, mano sūnau. Kai supratome, kad domitės katalikų religija, mudu su mama nusprendėme jus išsiųsti į seminariją. Čia turėsite galimybę geriau vystytis psichologiškai, religinei ir emocinei raidai.

Eloisa

Manau, kad tai protinga idėja. Jei tai nepavyks, galite grįžti. Mano namų durys visada bus atviros tau, mano sūnau.

Vicente

Aš tau jį daviau, mama. Aš vertinu jus abu. Aš jau esu priblokštas ir su daugybe lūkesčių. Pažadu atsiduoti studijoms. Aš vis dar būsiu didis žmogus.

Eloisa

Tu jau esi mūsų išdidumas, sūnau. Mes suteiksime jums visą reikalingą paramą. Pasitikėk mumis visada.

Vicente

Ačiū. Pasimatysime per atostogas.

Po ilgo apkabinimo ir bučinio jie pagaliau išsiskyrė. Vairuotojas lydėjo berniuką į automobilį ir praleido kelias akimirkas, kol jie dingo visam laikui. Tai buvo naujos kelionės pradžia šiam mažam berniukui.

Kelionė

Pasivaikščiojimo pradžia prasidėjo monotoniškai. Tik vėsus vėjas ir maži lašeliai atsitrenkė į galinio vaizdo veidrodėlį ir išsiliejo automobilio viduje, palikdami berniuką budrų. Tuo pačiu metu buvo daug emocijų. Viena vertus, nežinomybės baimė ir kita, nerimas ir nervingumas, kuris jį suvalgė. Tai būdinga daugeliui žmonių naujose situacijose, kurios pasireiškia mūsų gyvenime. Nebuvo lengva atsisakyti komforto ir tėvų apsaugos gyvenimo dar labiau nei Vicente buvo tik vaikas.

Šviesą atspindinti situacija buvo sugadinta tik dėl to, kad nukrito ant cigarečių pakelio grindų. Berniukas nusileido, paėmė cigaretes ir grąžino jas vairuotojui. Jis išreiškia dėkingą išraišką.

Vairuotojas

Tu išgelbėjai man gyvybę, vaiki. Cigarečių pakelis yra tai, kas mane gelbsti nuo depresijos.

Vicente

Ar žinojote, kad cigaretės yra blogas įprotis, ir tai gali pakenkti jūsų sveikatai? Kas nutiko jūsų gyvenime, kad priverstumėte jus rūkyti?

Vairuotojas

Tai buvo daug dalykų. Nenoriu jaudintis dėl savo problemų.

Vicente

Jokių problemų. Bet aš galiu būti geras draugas ir patarėjas jums. Kas jums neduoda ramybės?

Vairuotojas

Aš, Lindsey ir Rian sukūrėme gražią šeimą. Aš dirbau metalurgijoje, mano žmona buvo mokytoja, o mano sūnus rūpinosi namų valytoju. Mes buvome glaudi, stabili, laiminga šeima. Kol nepadariau klaidos darbe ir buvau atleistas. Po to mano grindys sugriuvo. Turėjau rūpintis savo sūnumi ir daugiau jokių pastangų, man nepatiko mano žmona. Prasidėjo muštynės, mūsų sąjunga iširo, ir mes turėjome subyrėti. Ji ir mano sūnus paėmė mano namus ir aš turėjau persikelti į butą. Aš tapau savarankiškai dirbančiu vairuotoju, kad galėčiau apmokėti sąskaitas. Aš turėjau siaubingą vienatvės momentą ir tai privertė mane padaryti rūkymo įprotį. Nuo to laiko aš nesustabdžiau šios prakeiktos priklausomybės.

Vicente

Tai tikrai liūdna istorija. Bet nemanau, kad turėtum būti sukrėstas. Jei tavo žmona nesuprato tavo silpnumo, ji nepakankamai tave mylėjo. Jūs atsikratėte netikrų santykių. Vienintelė netektis buvo tavo sūnus. Bet manau, kad galite jį aplankyti ir taip sušvelninti tą ilgesį. Judėk toliau. Gyvenimas vis dar gali suteikti jums didelių džiaugsmų. Viskas, ką jums reikia padaryti, tai tikėti savimi. Atsisakykite cigaretės, kol galite. Pakeiskite tai skaitymo, laisvalaikio, mandagaus pokalbio ar meno kūrinio praktika. Laikykite savo protą užimtas ir jūsų depresijos simptomai taps trapesni. Vieną dieną jūs pasakysite sau: "Aš pasiruošęs vėl būti laimingas". Tą dieną rasite fantastišką moterį ir ištekėsite už jos. Galbūt turėsite geresnį darbą ir naują šeimą. Tada jūsų gyvenimas bus atkurtas.

Vairuotojas

Labai ačiū už patarimą, drauge. Šis mano gyvenimo atstatymo procesas, atrodo, bus siaubingai lėtas. Lauksiu tinkamo momento, kad vėl atsirastų. Tuo tarpu aš einu su dideliu tikėjimu. Tiesą sakant, jūsų žodžiai man labai padėjo.

Vicente
Tau nereikia man dėkoti. Dievas įkvėpė mano žodžius. Judėkime į priekį!
Tarp poros tvyro tyla. Automobilis pagreitėja ir saulė pradeda kilti. Tai buvo puikus ženklas. Saulė atėjo tam, kad atneštų energijos, reikalingos raumenims, sielai ir širdžiai sušildyti. Tai buvo kvėpavimas tokioms neramioms sieloms.
Kelionė tęsėsi ir jie neatėjo laiko pasiekti galutinę paskirties vietą ir pailsėti nuo savo darbo.

Atvykimas į seminariją

Pora pagaliau atvyko į seminariją. Nusileidęs nuo automobilio, berniukas moka už bilietą, nutolsta nuo automobilio ir eina link įspūdingo įėjimo į pastatą. Jį tęsė neramumo, abejonių ir nervingumo mišinys. Kas nutiktų? Kokios emocijos jūsų laukė naujoje gyvenamojoje vietoje? Tik laikas gali atsakyti į jūsų slapčiausius klausimus.
Jis jau buvo skambučių kambaryje. Su lagaminu ant rankų jis pradėjo atsakyti į vienos iš vienuolių klausimus.
Šventagaršvė
Iš kur tu atėjai? Kiek tau metų?
Vicente
Esu kilęs iš Civitavecchia. Man 12 metų ir aš ateinu į religinį gyvenimą.
Šventagaršvė
Labai gerai. Žinokite, kad religinis gyvenimas nėra lengvas kelias, berniuk. Kelias pasaulyje yra daug patrauklesnis ir lengvesnis. Būti religingu yra didelė atsakomybė. Iš pradžių turėtumėte sutelkti dėmesį į savo studijas. Jei suprasite, kad turite religinį pašaukimą, turėsite žengti kitą žingsnį. Viskas turi savo tinkamą laiką.
Vicente
Suprasti. Štai kaip aš elgsiuosi. Galite būti tikri.

Šventagaršvė

Taigi, ką aš galiu pasakyti? Sveiki atvykę, mieloji. Vilties namai yra vieta, kuri sveikina visus. Tikimės, kad laikysitės elgesio taisyklių. Pagarba yra mūsų pagrindinis priesakas.

Vicente

Labai ačiū. Pažadu, viskas bus gerai.

Berniukas buvo nuvežtas į vieną iš kambarių. Kadangi kelionė buvo varginanti, jis nusprendė pailsėti. Jis turėjo būti visiškai atgautas, kad pradėtų savo apaštališkąjį darbą.

Mergelės Marijos vizitas

Po vakarienės berniukas susirinko melstis kambaryje. Nerami tyla pripildė naktį. Po kelių akimirkų jis pradeda jausti ploną vėjelį. Moteris priartėja iš balto debesies vidaus ir nusileidžia į kambarį. Ji buvo brunetė moteris, linksma, su rausvais veidais ir nuostabia šypsena.

Vicente

Kas tu?

Marija

Mano vardas Marija. Aš esu tarpininkas visų malonės, reikalingų visai žmonijai.

Vicente

Ko tu nori iš manęs?

Marija

Noriu pasinaudoti jumis, kad įspėčiau žmoniją. Gyvename žiauriais erezijos laikais. Žmonija nuklydo nuo Dievo, o velnias savo neapykanta viešpatavo pasaulyje. Gerų sielų yra labai mažai.

Vicente

Ką aš turėčiau daryti?

Marija

Daug melskitės. Kiekvieną dieną melskitės rožinį už žmonijos išgydymą. Mums reikia suvienyti jėgas, kad pabandytume išgelbėti žmoniją.

Vicente
Ką jūs sakote mano apaštališkajam keliui?
Marija
Jūs turite viską, kad augtumėte mano bažnyčioje. Jūs esate jaunas mokslininkas, išsilavinęs, su vertybėmis ir gera širdimi. Jūs esate vienas iš tų, kurie pasirinko atkurti Naująją Bažnyčią, labiau įtraukiančią religiją, kontempliuojančią visus benamius tarnus.
Vicente
Esu patenkintas tokia gera užduotimi. Pažadu atsiduoti iki galo. Mes turime priversti Bažnyčią vystytis ir būti dangaus durimis tikintiesiems. Labai ačiū už šią galimybę.
Marija
Tau nereikia man dėkoti. Turiu iš čia dingti. Likite su Dievu.
Vicente
Ačiū, mano mylima mama. Pasimatysime dar vienoje galimybėje.
Dievo motina grįžo į debesį ir akimirksniu dingo. Pavargęs berniukas nuėjo miegoti. Artimiausios dienos atneš daugiau naujienų.

Pamoka apie religiją

Anksti ryte, po pusryčių, teologijos pamoka prasidėjo su studentais.
Mokytojas
Iš pradžių Dievas sukūrė dangų ir žemę. Palaipsniui erdves užpildė gyvos būtybės. Didysis Dievas yra įvairovės Dievas. Tada buvo sukurta milijonai skirtingų rūšių, kurių kiekviena turi savo specifinę funkciją. Žmonių rūšys buvo sukurtos ir joms buvo suteikta užduotis rūpintis žeme. Viskas buvo neįtikėtinai gražu, kai visoje karalystėje viešpatavo taika. Iki tol primityvūs žmonės sukilo pažeisdami Kūrėjo įstatymą. Taip atsirado nuodėmė, aptemdžiusi žmogaus trajektoriją. Tačiau ne viskas buvo prarasta. Susitaikymas su Dievu buvo pažadėtas ateityje. Matėme, kad Kristus gerai atliko šį vaidmenį, grąžindamas mums šventumą. Savo nukryžiavimu Kristus suvienijo visą žmoniją.

Vicente

Yra dalykų, kurių nesuprantu šioje teorijoje. Ar žmogus nebuvo dualistas amžinai? Ar Kristus mirė, kad išgelbėtų mus nuo mūsų nuodėmių, ar jis buvo žydų sąmokslo auka?

Mokytojas

Tiesą sakant, mes mažai žinome apie žmonijos kilmę. Senovės rankraščiai praneša, kad žmonės išlaikė šventumą savo ištakose ir kad dieviškojo įstatymo pažeidimas buvo nuodėmės kilmės priežastis. Nėra jokio būdo sužinoti, kas yra tiesa. Kristus yra pasakęs: nereikia gyventi, kad tikėtum. Kalbant apie antrąjį klausimą, galime pasakyti, kad šios dvi hipotezės yra teisingos. Mūsų šeimininkas buvo išdavystės auka, ir tai buvo auka žmonijai. Kristus buvo tobulas ir nenusipelnė mirties. Jo mirtis buvo Bažnyčios pamato ir mūsų išganymo kaina.

Vicente

Aš suprantu ir tikiu. Tai verčia mane tikėti jūsų žodžiais. Kristus gali būti šios kūrybinės jėgos, kuri kuria žmogų, simbolis. Solidari, supratinga, atleista jėga, apimanti gėrį ir blogį, kuri visada tikisi susitaikymo. Bet tai taip pat yra teisingumo jėga, kuri apsaugo gėrį nuo blogio. Tai ateina grąžinimo teisės sąvoka. Blogis, kurį mes darome, grįžta pas mus su dar didesne jėga.

Mokytojas

Tai tiesa, mano brangioji. Todėl būtina kontroliuoti savo vertybes. Būtina ištaisyti savo klaidas, kad galėtume vystytis. Prieš pradėdami kalbėti, pagalvokite. Netinkamas žodis gali labai pakenkti mūsų kaimynui. Šis skausmas gali sukelti nuolatinių psichologinių problemų. Jis per daug blogai elgiasi su žmogaus siela.

Vicente

Štai kodėl mano šūkis visada niekam nebuvo sužeistas. Tačiau žmonės manimi nesirūpina. Jiems net nerūpi sukelti skausmą ir nesusipratimus. Žmonės yra labai savanaudiški ir materialistiški.

Mokytojas

Štai kodėl mes studijuojame teologiją. Tai supratimas, kad Dievas yra didesnė jėga, kuri stebina mūsų silpnybes. Tai supratimas, kad atleidimas yra išsilaisvinimas iš mūsų klaidų. Tai yra Jėzus aukos ženklas, kad galėtume kovoti su savo priešais būdami tikri dėl pergalės.

Vicente

Ačiū, profesoriau. Pradedu mėgautis mokykla. Judėkime į priekį!

Klasė truko visą rytą ir buvo malonumo ir priėmimo Kristaus tikėjime laikas. Baigę mokyklą, jie nuėjo papietauti ir pailsėti. Vilties namuose viskas buvo gerai.

Pokalbis seminare

Praėjo dveji metai nuo tada, kai jaunasis Vincentas studijavo. Tada artėjo pokalbio momentas, kuris ketino nuspręsti jūsų ateitį.

Vienuolė

Mes suprantame, kad esate labai darbštus jaunuolis visose srityse. Norime jus pasveikinti. Mes taip pat norėtume sužinoti, ko jūs trokštate ateičiai. Ar tikrai norite tapti kunigu?

Vicente

Aš vertinu žodžius. Aš esu Kristus nuo pat gimimo. Taigi, mano atsakymas yra teigiamas. Noriu prisijungti prie šios gėrio grandinės. Aš noriu laimėti daug sielų už savo valdovą.

Vienuolė

Labai gerai. Tada sutvarkykime šventąsias apeigas. Iš anksto sveiki atvykę į klasę.

Vicente

Labai ačiū. Pažadu, kad tavęs nenuvilsiu.

Gyvenimas sekė. Vincentas buvo įšventintas kunigu ir pradėjo savo kunigas veiklą. Tai buvo senos svajonės išsipildymas, ir aš žinojau, kad tai buvo šeimos pasididžiavimas.

Įėjimas į aistruolių bendruomenę

Vicente kreipėsi į aistruolių susirinkimą, kad susitiktų su įkūrėju.

Paulius iš kryžiaus

Ar nori pasakyti, kad esi suinteresuotas įstoti į mūsų susirinkimą?

Vicente

Taip. Matau, kad jūs labai gerai kalbate apie savo darbą. Aš turiu giminingumą jūsų veiklai. Noriu padaryti viską, ką galiu, ir prisidėti prie komandos augimo.

Paulius iš kryžiaus

Džiaugiuosi, kad tai darote. Mūsų įmonė yra atvira visiems, norintiems bendradarbiauti. Jūsų apaštališkas darbas mane sužavi ir verčia tikėti, kad esate didelis pirkinys. Sveikas atvykęs.

Vicente

Esu pamalonintas. Tai daugiau svajonės išsipildymas. Galite būti tikri, kad padarysiu viską, ką galiu.

Vicente buvo oficialiai integruotas į komandą ir pradėjo užsiimti bendruomenės socialiniu darbu. Jis buvo svarbus krikščionio pavyzdys.

Kelionė po šalį kaip misionierius

Pietų Italijos kaime

Būras

Ar tai reiškia, kad esate Dievo pasiuntinys? Kaip, jūsų manymu, galite padėti beviltiškai neturtingai valstiečių moteriai?

Vicente

Aš atsinešu su savimi Dievo ramybę. Per dieviškus mokymus galite įveikti savo problemas ir tapti labiau pasiekusiu žmogumi.

Būras

Labai gerai. Kaip aš galiu būti laimingas sekdamas Dieviškuoju Įstatymu?

Vicente

Laikykitės įsakymų. Pirmiausia mylėkite Dievą kaip save patį, nežudykite, nevokite, nepavydėkite, nepavydėkite, dirbkite dėl savo svajonių, atleiskite ir darykite labdarą. Tai yra keletas dalykų, kuriuos galite padaryti ir tapti geresniu žmogumi.

Būras

Kartais man liūdna dėl savo asmeninių nusivylimų. Mano svajonė buvo būti gydytoju, bet skurdas privertė mane eiti kitais keliais. Šiandien aš esu dienos darbininkas ir skalbimo mašina. Už pinigus iš darbo aš palaikau savo tris vaikus. Mano alkoholikas vyras pabėgo su kita moterimi. Maniau, kad tai gerai, nes jis buvo našta mano gyvenimui. Aš vis dar prisimenu jūsų išdavystes ir tai yra skausminga. Norėjau rasti aiškesnį kelią į savo gyvenimą.

Vicente

Rūpinkitės savo vaikais. Jie yra jūsų didžiausias turtas. Šeima yra didžiausias mūsų turtas. Iš savo gyvenimo patirties, elgtis su jais gerai. Per juos išpildysite savo svajones.

Būras

Tiesa. Labai stengiuosi jiems duoti viską, ko neturėjau. Esu gera mamos patarėja. Noriu tik to, kas geriausia mano vaikams.

Vicente

Taip gerai. Dievas palaimins jus ir išgydys jūsų skausmus. Yra blogis, kuris ateina mokyti. Nėra pergalės be kančių. Nesėkmė paruošia mus būti tikrais nugalėtojais.

Būras

Šlovė Dievui. Ačiū už viską, tėve.

Vicente

Ačiū Dievui, vaikeli. Viskas, kas geriausia jums.

Krikščionių kunigo darbas buvo nuostabus. Jis sužavėjo minias savo išmintimi ir tikėjimu į Kristų. Puikus pavyzdys, kad gėris visada vyrauja.

Kongregacijos įkūrėjo mirtis

Mirė Paulius iš kryžiaus. Tai buvo baisus skausmas Vicente, kuris buvo ypač geri draugai su juo. Tai buvo audringa diena. Minia dalyvavo atsibudime. Tarp maldų ir ašarų jie gedėjo dėl to didžio žmogaus netekties. Mirtis yra nepaaiškinama. Mirtis turi galią atimti buvimą tų, kuriuos mylime labiausiai.

Laidotuvių procesija paliko namus ir pasistūmėjo miesto gatvėmis link kapinių. Tai buvo saulėta popietė su stipriais vėjais, kurie bauginančiai smogė jų veidams. Ten baigėsi kilmingo žmogaus trajektorija. Žmogus, atsidavęs savo religiniams įsitikinimams.

Paradas į priekį nuo kapinėse iškastos skylės. Paskutinis žodis suteikiamas jūsų pagrindiniam mokiniui. Mūsų brangioji Vicente.

"Atėjo laikas atsisveikinti su didžiu žmogumi. Žmogus, turintis nuostabią karjerą priešais savo susirinkimą. Jis tikrai atliko savo misiją. Savo projekte jis padėjo tūkstančiams žmonių savo patarimais, finansine pagalba ir geru pavyzdžiu. Jis paliko bajorų pėdsaką. Jis didžiavosi savo šeima, visuomene ir broliais krikščionėmis. Tai buvo neatšaukiamo pobūdžio, kuris įkvėpė mus būti geresniais žmonėmis. Eik ramybėje, broli! Tegul Kūrėjas Dievas duoda jums visa kita, ko nusipelnėte. Vieną dieną vėl susitiksime.

Tarp ašarų ir plojimų kūnas buvo palaidotas. Ten baigėsi didžio žmogaus žemėje trajektorija. Buvo palikta palinkėti jam daug sėkmės savo naujoje amžinoje buveinėje.

Paskyrimas į vyskupo postą

Vincentas Marija užaugo savo misijoje ir šventume. Jo apaštališkuoju darbu žavėjosi visi. Kaip atlygį už savo darbą, jo vyskupija nusprendė paaukštinti jį į vyskupo pareigas.

Atėjo didžioji diena. Per privačią ceremoniją dvasininkai susirinko į didelę šventę.

Buvęs vyskupas

Atėjo laikas išeiti į pensiją ir praleisti likusią mano senatvės poilsio dalį. Štai mes pasirinkome Vincentą Mariją užimti mano vietą. Jis yra aukštos kvalifikacijos kunigas šiam darbui. Jo projektas susirinkime buvo vertingas įrankis Katalikų Bažnyčiai kovojant su erezija ir užkariaujant naujus tikinčiuosius. Linkiu tau sėkmės, mielasis. Ką deklaruoti?

Vincentas Marija

Man didelė garbė gauti tokią dekoraciją. Pažadu likti ištikimas savo įsitikinimams ir laikytis šventosios Motinos Bažnyčios įstatymo. Dieve, būk su manimi šiame dideliame pasivaikščiojimo atnaujinime.

Plojimai jums. Tai buvo naujas ciklas kiekvieno žmogaus gyvenime. Jie žinojo, kad vyskupija yra saugi ir kad šventosios motinos bažnyčia dar labiau augs. Dievas yra su visais!

Napoleono Bonaparto invazija

Napoleono Bonaparto buvo imperatorius, uzurpavęs Bažnyčią. Kad dominuotų visoje bendruomenėje, kareiviai įsiveržė į vyskupiją reikalaudami vyskupo pozicijos.

Karys

Mes esame čia Napoleono Bonaparto vardu. Lorde Vyskupe, ar jūs paklūstate Napoleono Bonaparto valdžiai?

Vincentas Marija

Niekada. Aš nepasiduodu niekas autoritetui. Aš esu vienintelis Kristaus tarnas.

Karys

Na, štai ir viskas. Aš jį suimsiu. Turėsite daug kentėti, kad išmoktumėte gerbti valdžią.

Vincentas Marija

Jei tokia yra Dievo valia, aš pasiruošęs! Gali mane pasiimti. Aš nebijau žmonių teisingumo.

Vyskupas buvo nuvežtas į kalėjimą. Vėliau jis buvo ištremtas į Novara ir Milano miestus septyneriems metams.

Tremties laikotarpis

Per septynerius tremties metus Vincentas patyrė įvairiausius fizinius ir žodinius kankinimus, įrodančius jo tikėjimą. Tai buvo sunkūs laikai, kai imperializmas buvo didžiausia jėga. Pranešimas apie jį kalėjime:

"Viešpatie Dieve, kaip aš kenčiu! Aš atsidūriau išeities. Mano engėjų yra daug ir stiprių. Jaučiuosi tokia vieniša. Tuo tarpu, pone, jūs esate mano stiprybė ir stiprybė. Aš tikiu tavimi atgimimu. Manau, kad tai yra etapas ir kad jūsų galinga ranka gali pakeisti mano gyvenimą. Aš pasitikiu savo vertybėmis ir tikėjimu. Viskas bus gerai."

Karys

Napoleono Bonaparto karalystė žlugo. Jūs galite laisvai grįžti į savo vyskupiją.

Vicente

Šlovė Dievui. Nežinau, kaip jums padėkoti už šį paleidimą. Pirmą kartą gyvenime jaučiuosi visiškai laisvas. Šlovė Dievui už tai! Mano misija gali tęstis.

Atsisveikinimas su misija

Vincentas Marija vyskupo pareigas ėjo dar kelerius metus. Kaip vyresnysis, jis paprašė jo atsistatydinimo. Neturėdamas įsipareigojimų, jis ir toliau padėjo katechetinėms misijoms. Jo misija tęsėsi iki jo dienų pabaigos. Jo oficiali kanonizavimą įvyko 1950 metais.

Pabaiga

www.ingramcontent.com/pod-product-compliance
Lightning Source LLC
LaVergne TN
LVHW020436080526
838202LV00055B/5212